花嫁は偽の誓いに涙する

リン・グレアム 作

中村美穂 訳

ハーレクイン・ロマンス

東京・ロンドン・トロント・パリ・ニューヨーク・アムステルダム
ハンブルク・ストックホルム・ミラノ・シドニー・マドリッド・ワルシャワ
ブダペスト・リオデジャネイロ・ルクセンブルク・フリブール・ムンバイ

THE ITALIAN DEMANDS HIS HEIRS

by Lynne Graham

Published by Harlequin Japan, a Division of K.K. HarperCollins Japan, 2019

リン・グレアム

北アイルランド出身。10代のころからロマンス小説の熱心な読者で、初めて自分で書いたのは15歳のとき。大学で法律を学び、卒業後に14歳のときからの恋人と結婚。この結婚は一度破綻したが、数年後、同じ男性と恋に落ちて再婚するという経歴の持ち主。小説を書くアイデアは、自分の想像力とこれまでの経験から得ることがほとんどで、彼女自身、今でも自家用機に乗った億万長者にさらわれることを夢見ていると話す。

主要登場人物

ヴィヴィアン・フォックス……会社員。愛称ヴィヴィ。
ウィニー・ネヴラキス……ヴィヴィの姉。
ゾーイ・マルダス……ヴィヴィの妹。
スタムボウラス・フォタキス……ヴィヴィの祖父。愛称スタム。
ジョン・ブルック……ヴィヴィの里親。
リズ・ブルック……ジョンの妻。
ラファエレ・ディ・マンチーニ……銀行家。公爵。
アリアンナ・ディ・マンチーニ……ラファエレの妹。
エリーザ・アンドレッリ……ラファエレの幼なじみ。
アメデオ……マンチーニ家の執事。

1

スタムことスタムボウラス・フォタキスはいかめしい顔つきで机上のファイルを熟読した。ファイルの隣には彼の次の獲物、ラファエレ・ディ・マンチーニに関する調査報告書も置かれている。

ラファエレ・ディ・マンチーニは、彼の孫娘ヴィヴィを冒涜《ぼうとく》した憎い敵だった。

またしても見てくれのいい男か。スタムは写真付きの調査報告書を開き、非の打ちどころのない整った顔を眺めて、腹立たしくなった。そのあたりの男性版スーパーモデルがかすんで見えるほど、その容姿は抜きん出ている。どうやら三人の孫娘はそろいもそろってハンサムな男が好みらしい。とりあえず、スタムは長女のウィニーの問題は片づけた。たとえ彼のもくろみに反し、ウィニーが息子の父親との結婚を永続すると決めたにしても。

しかしヴィヴィは――快活で気性の激しいヴィヴィは、従順なウィニーよりはるかに難物だ。スタムは自身の七十五歳の誕生日パーティで、ヴィヴィと大喧嘩《おおげんか》をした。畏怖やお世辞に慣れている彼にとって、それは新鮮な体験だった。巨大な富と影響力を持つスタムの周囲には、彼の命令に逆らう者はいない。トガールに仕立てたという罪で糾弾された。
だが、ヴィヴィは違った。彼女は祖父を恐れず、思ったことをはっきりと言う。驚いたことに、スタムはそんな孫娘の内面的な強さとそんなわけで、ヴィヴィがマンチーニを愛する可能性は万に一つもない。だが、かえって好都合だと思い、スタムはほくそ笑んだ。
信念に敬意さえ覚えた。
もっとも、彼がヴィヴィの名誉回復のために
スタムにとって不都合なのは、ヴィヴィがリストアップした三人の花婿候補の中で、ラ
彼女の人生を破滅させたラファエレ・ディ・ファァエレ・ディ・マンチーニは最も危険であ
マンチーニを忌み嫌っていることだった。マると同時に最も謎めいた存在だった。
ンチーニは二年前、彼の気まぐれな妹アリア
億万長者の銀行家で、著名な慈善家でもあ
ンナを事実無根のスキャンダルから救うため、るマンチーニは、十世紀前から連綿として続
ヴィヴィの評判を貶《おとし》めた。ヴィヴィは売春く名門貴族の末裔《まつえい》だ。噂《うわさ》では金融業界の天
婦の汚名を着せられたばかりか、アリアンナ才でありながら、世間の注目を引かないよう
をそそのかして半裸の写真を撮らせ、モデルにきわめて思慮深い保守的な生活を送ってい
事務所と偽ったいかがわしい会社のエスコーるという。だからこそ、スタムにはわからな

かった——マンチーニが思慮深さをかなぐり捨て、根も葉もない証拠をでっちあげてヴィヴィに売春婦の汚名を着せた理由が。そうすれば、二人の若い女性が期せずして巻きこまれた薄汚い出来事から妹のアリアンナを守れると考えたのだろうか？

とはいえ、被害をこうむった今になって理由を明らかにしても意味はない。今考えるべき問題は、マンチーニほどの賢い相手を生半可な戦略で陥れるのは無理だろうし、あれほど金持ちで高潔な男には賄賂も通用しないことだ。つまり、恥ずべき手段を使うしかない。

これまでマンチーニが野放図な妹を数々の窮地から懸命に救い出してきたことはこのファイルから明らかだ。さぞかし気苦労が絶えなかったに違いない。半分しか血のつながりがない異母妹のためによくやってきたものだと感心せざるをえない。軽蔑の対象であってもおかしくない薬物依存症の義母の娘のために。

だが、かわいい孫の評判を地に落とした罪で、マンチーニはあらゆる罰を受けなくてはならない。スタムは荒々しい気分で最終決断を下した。

自身が経営する銀行の会議に出席するためロンドンに来ていたラファエレ・ディ・マンチーニは、胸騒ぎを覚えていた。

理由がわからないだけに、なおさら悩まし

かった。目下、彼の世界に何一つ問題はない。六時に起きて完璧に調理された朝食をとってから、最上級の寝具で整えられたベッドに入る瞬間まで、マンチーニの一日は機械のように無駄なく効率的に進んでいた。

彼の家族の暮らしもまた平穏だ。長らく心配の種だった妹のアリアンナはようやく落ち着き、現在フィレンツェで同棲《どうせい》している申し分のない男とまもなく結婚する。今のラファエレにはなんの心配も、解決するべき厄介事もなかった。

なのに胸騒ぎを覚えたのは、引退した実業家スタムボウラス・フォタキスから、このロンドンの大豪邸に招かれたからだ。何か話があるという。フォタキスは悪名のほうが高い世界屈指の大富豪だが、ラファエレは一度も面識がなく、いったいなんの話かと好奇心をそそられた。フォタキスそのものにも興味を引かれた。スタム・フォタキスに関しては、長年にわたって大量の記事が書かれてきた。その半分をばかげていると切り捨てたとしても、残りの半分は伝説になっていた。

ラファエレはフォタキスの多層階アパートメントの応接間で、短い黒髪をいらだたしげに指でかき上げ、ブランドものの腕時計を一《いち》瞥《べつ》した。待たされることはめったにない。よい仕事をするにはよいマナーが不可欠だと教えられて育ったラファエレは顔をしかめ、木炭のような黒っぽい目に怒りをにじませた。明らかに約束の時間を過ぎている。早く自宅に戻り、会議で多くの愚問に愛想よく答えて過ごした長い一日の疲れを癒やしたかった。彼は愚か者に対する許容度がきわめて低い。学生時代から天才と呼ばれ、予定表どおりに物事が進んだときにだけ喜びを感じた。

金髪の美人秘書が入室してきて、彼をエレベーターへと案内した。秘書はエレベーターの中で話を始め、秋波を送ってきた。髪を振り上げ、目をしばたたき、じっと見つめてくる。ラファエレは怒りに顔をこわばらせ、ハエをたたき落とすかのような態度でその秘書をあしらった。絶えずつきまとう女性の誘惑はしばしば彼をいらだたせた。それはオフィス内の神聖な空気を汚す。もしこの女性が自分の秘書なら、即座に解雇するところだ。

とはいえ、ラファエレの人生にも女性の居場所はある。ほかの多くの三十歳の男と同じく、精力旺盛だ。ただし、大半の男よりはるかに慎重で、入念に恋人を選び、二週間たったら例外なく別れる。

短期間限定の交際には正当な理由があった。長くつき合えばつき合うほど、女性の野心や執着や浅はかさが増すからだ。ラファエレは四十歳になるまで結婚するつもりはなかった。成熟して賢明な選択ができるようになるまでは、あとくされのない関係を楽しむつもりでいた。

ラファエレはビクトリア朝時代を彷彿《ほうふつ》とさせる重厚な内装のオフィスに通された。すると別のドアが開き、顎ひげを生やした小柄な白髪の男が現れた。スタム・フォタキスだ。彼はすぐさま机上の分厚いファイルをつかみ、ラファエレに差し出した。

「ミスター・ディ・マンチーニ」老人は淡々と呼びかけた。

「ミスター・フォタキス」無益な世間話に費やす時間がないとはいえ、ラファエレはなんの前置きもない初対面の挨拶に困惑した。それでもファイルを受け取り、この家の主《あるじ》が指し示した椅子に座った。

「それに関するきみの考えを聞かせてくれ」スタムはなめらかに言った。

ファイルをおもむろにめくったラファエレは、驚くほど詳細な記録に珍しく恐怖感に駆られた。ゆっくりと息を吸って気持ちを落ち着かせる。ファイルにはアリアンナが犯したすべての過ちが収められているようで、ラファエレが知らないものもいくつかあった。妹の過去の行動が記録されたおぞましいファイルを前に、彼はショックを受けて息をのんだ。

「この情報をどうするつもりです？」ラファエレはなんとか感情を抑えて尋ねた。すさまじい怒りに襲われていたが、冷静にならなければならないと本能的に察した。

フォタキスはラファエレをじっと見つめながら、穏やかに答えた。「すべてはきみしだいだ。もしきみがわたしを失望させたら、そのファイルはマスコミに公表されることになるだろう」

「信じられない。これは脅迫だ」ラファエレは憤然として応じた。「ぼくの妹があなたになんらかの危害を及ぼしたとはとうてい思えませんが」

「補足させてくれ」スタムは無表情に言葉を継いだ。「これは二人の若い女性の物語だ。一人は地位と特権と莫大《ばくだい》な富の下に生まれた……きみの妹」

「もう一人は？」ラファエレはいらいらして先を促した。

「貧しい境遇に生まれ、なんの恩恵もなく育ったが、懸命に働いて教養を身につけた立派な女性……わたしの孫娘だ」

「あなたの孫娘……」ラファエレはぽかんとして繰り返したが、それでも頭はフル回転し、スタム・フォタキスがこのような脅迫を正当化しようとする理由を考えていた。

「名はヴィヴィアン・マルダス。ヴィヴィという愛称で知られている」スタムはつけ加えた。「一時期、きみの妹の友人だった」

ラファエレは凍りつき、ようやく合点がいった。「覚えています。彼女はあなたの身内なのですか？」

「そうだ」スタムは相変わらず硬い口調で答えた。「きみが妹を守りたいように、わたしも孫娘を守りたい。わたしはヴィヴィが受けた理不尽な汚名をすすぐと決意した」

なるほど、そういうことか。ラファエレは業火のように燃え盛る怒りを如才なく封印した。彼が知り合ったときのヴィヴィは、自分に大金持ちで権力者の祖父がいることを明らかに知らなかった。どうやらその後、彼女はその歓迎すべき事実を知り、都合の悪い過去に脚色を加えて祖父に話したようだ。

「理不尽、ですか？」ラファエレはぶっきらぼうに尋ねた。

「きみは売春婦呼ばわりしてヴィヴィの評判を傷つけた。とんでもない言いがかりだ。そのせいでヴィヴィは能力に見合う仕事に就けなくなった。誰でも検索すれば、その情報をインターネットで入手できるからな。なんの落ち度もない純真な娘だというのに、彼女は多大な苦痛を受けた。友人たちは離れていき、噂を流布されて笑いものにされ、軽蔑され、仕事を辞めざるをえなくなった。それで過去を隠すためにしかたなく改姓した。今のあの子はヴィヴィアン・フォックスという」

ラファエレはうなずいたものの、ヴィヴィのお涙ちょうだい話には少しも胸を打たれなかった。当然だ。彼は孫娘の最良の部分だけを信じたがる老人ではないのだから。ラファエレは冷静で論理的で、批判的な目で物事を見る疑《うたぐ》り深《ぶか》い男だ。〝純真〟と言われる女性に関してはとりわけ。彼はいまだかつて本当に純真な女性に出会ったことがなかった。

ヴィヴィのことをラファエレはよく覚えていた。陽光を浴びて輝く髪は銅線のように見えるが、実際は絹のような手触りだ。長身で赤毛の美人で、どんな格好をしていても――ジーンズ姿でも、とてつもなく優雅に見える。肌は半透明の磁器を思わせ、目はイタリアの夏空のように青くまぶしい。たとえ好みのタイプとはかけ離れていても、ラファエレは彼女の手練手管に屈服寸前だった。かろうじてその窮地から逃れられたことに、彼は改めて感謝した。もし関係を持っていたら、スタムの機嫌を確実に損ねていただろう。

スタムを怒らせてもアリアンナが傷つかずにすむのなら、話は別だが。ラファエレは心の中でしぶしぶ認めた。

過去の愚かな行動が記されたファイルをマスコミに公表されたら、アリアンナは確実に傷つく。彼女の婚約者トーマスの親は常識人なので、そんな女とは別れろと息子に強く迫るに決まっているからだ。そうなればアリアンナは情緒不安定になり、トーマスと恋に落ちたあとは無縁だった突飛な行動をする女に逆戻りしかねない。

「あなたがぼくに何を求めているのかわかり

ませんが」ラファエレは淡々と言った。「まさかぼくの妹のようなもう一人の純真な女性を傷つける気ではないでしょう？　アリアンナは生まれつき問題を抱えているんです」

スタムは無言で片手を上げた。「彼女が薬物依存症の母親から生まれ、今も自分の衝動を抑制できずに苦しんでいることは知っている。あまり聡明《そうめい》でないことも、簡単に人を信じてしまう性格であることもな。しかし彼女に責任を負うのはわたしではなく、きみだ」

スタムは穏やかに指摘した。「損害賠償として、わたしはきみがヴィヴィと結婚し、きみの輝かしい姓を孫に与えることを望む」

「彼女と結婚？」ラファエレは思わず叫んだが、すぐに口をぎゅっと結び、過大評価されているヴィヴィの純真さに関する軽率な発言は思いとどまった。

「単に式を挙げ、ヴィヴィの名声を公に宣伝するだけだ」スタムは天気の話でもしているような温和な口調で続けた。「それ以外は何も望まない。結婚式が終われば一緒にいなくていいし、正式な離婚手続きを取ってくれ。財産分与も不要。実にささやかな願いだ」

「ささやか？」ラファエレは信じられない気持ちで尋ねた。

「そうだ。きみは生い立ちも血統もヴィヴィよりはるかに上だと考えているだろう。それについては責められない。しかし、わたしがこのファイルの見返りに求めるのは、きみの高貴な姓の一時的な使用だけだ。そのことをきみは感謝するべきだ。これが公になれば、きみの妹の結婚にも破滅的な影響をもたらすだろうからな」

フォタキスはすべて知っている。ラファエレは歯噛《はが》みしたが、心の底ではわかっていた。ヴィヴィと結婚しろという老人の要求がどれほどばかげていても、アリアンナの安定した将来を守るためにはむげに却下できないことを。トーマスはアリアンナの実家の資産ではなく、多くの男が敬遠する彼女の子供っぽさや衝動的な性格に魅力を感じている。しかも、トーマスはアリアンナと違って思慮深く、しっかりした男だ。妹にとってこれ以上の相手はいない。そして何よりアリアンナはトーマスを愛している。

アリアンナが有名な泉に全裸で飛びこんだ話や、万引き犯として誤認逮捕された話などを、トーマスが些細《ささい》なこととして見過ごすとは思えない。そのうえ、ファイルにはもっといかがわしい出来事も記載されている。アリアンナが友人たちにけしかけられ、二人の男と一晩過ごしたというような。

〝本当はいやだった〟ラファエレがその悪《あ》しき噂を問いただした際、アリアンナは気まずそうな顔でつぶやいた。〝だけど、ほかのみんながそういうことをやっていたの。わたし……みんなの中に溶けこみたかった。好かれたかったのよ〟

その出来事のあと、ラファエレは妹の友人たちの身元調査をした。そして、アリアンナがだまされやすい性格につけこまれ、彼女の金で遊ぼうとしている連中の言いなりになっていると気づいたのだ。

「ヴィヴィとはすでにこのアイデアについて話し合ったんでしょうね」ラファエレはそっけなく言った。「もちろん、彼女も乗り気というわけだ」

「乗り気？」スタムは不意に笑いだし、ラファエレを驚かせた。「ヴィヴィはきみを嫌っている。きみとの結婚を望むわけがない！


ヴィヴィを説得して結婚を承知させるのはきみの役目だ」

「彼女はこの提案に関わっていないと？　そんなたわごとをぼくが信じるとでも思っているんですか？」

「ヴィヴィは本当に関わっていない。あの子は論理ではなく感情で動く。わたしの計画にヴィヴィは激怒するだろう。だが、きみほどの男なら、あの子の気持ちを変えさせる手立てを持っているはずだ」スタムは目を輝かせ、にやりとした。「きみがこのファイルを永遠に葬り去りたいのなら、ヴィヴィを教会に連れていくしかない」

「それがぼくの贖罪《しょくざい》ということですか？」

ラファエレは歯を食いしばって尋ねた。

「そう言いたいのなら言ってくれ。わたしにはどうでもいい。きみはヴィヴィに結婚指輪を授けるが、あの子には手を触れるな」スタムは無遠慮に警告した。「手つかずのきれいな体のまま返してほしい。今と同じようにいいな?」

ラファエレの頬が紅潮し、高い頬骨が際立った。スタムの警告が信じられない。「ぼくはいやがる女性に手を触れたことは一度もありません」尊大な口調で反論する。

「まあ、ヴィヴィがいやがることは間違いない」スタムは満足げに応じた。「きみは女性からの別の反応に慣れているのだろう……エレベーターでわたしの秘書の誘惑に乗らなかったそうだな」

「あれは罠《わな》だったと?」ラファエレは唖然《あぜん》とした。

「自分の取引相手の性格は知っておきたい。きみはテストに合格した。女たらしではない」スタムはきびきびと言った。「ヴィヴィの身の安全がかかっているからな」

ぼくはヴィヴィを一度だけ抱きしめたことがあり、彼女は少しもいやがっていなかった……。その言葉が喉まで出かかったが、ラファエレは軽率な告白をのみ下し、スタム・フォタキスにも知らない出来事があることに感謝するほうを選んだ。

ロンドンの自宅に戻るリムジンの快適な車の中で、ラファエレは次に何をするか決めなければならなかった。これまでは莫大な富があれば人を守れると確信してきたが、今日ほど自分の無力さを痛感し、呆然《ぼうぜん》としたことはなかった。結局、いくら金があろうと、薬物依存症の母親の体内にいた悪影響からアリアンナを守れず、彼に損害賠償をさせると決意した老人の企《たくら》みを阻めもしなかった。

ラファエレはヴィヴィを売春婦呼ばわりなどしていなかった。そもそも彼女は売春婦ではなくエスコートガールであり、ラファエレはその違いを知っていた。最高の特権階級に属していても両方の女性に会ったことがあり、彼女たちを感知して避ける方法も学んでいる。ところが、ヴィヴィは彼の防御をすり抜ける寸前だった。その事実がいまだに腹立たしい。〝売春婦〟というレッテルをヴィヴィに貼ったのは彼ではなく、マスコミが世間の関心を引くためにでっちあげたのだ。

残念ながら、それを知ってか知らずか、スタム・フォタキスは復讐心《ふくしゅうしん》に燃え、アリアンナの不名誉なファイルを手放す気はないようだった。

ジュードとのデートのために化粧をしている最中、ヴィヴィの脳裏をいやな記憶がよぎった。ギリシアの姉夫婦の家で開かれた祖父の誕生日パーティで、祖父と激しい口論をした記憶が。姉と妹にはその話をしていない。困惑させることがわかっているから……。

「マンチーニと結婚すれば、おまえは金輪際例のスキャンダルを恐れる必要がなくなる。もしおまえが本当に……いかがわしい女性なら、あのマンチーニがおまえと結婚するはずないからだ」祖父は顔をしかめ、言葉を選んで続けた。「貴族の家に生まれ、金融界で大成功を収めた大金持ちは絶対にそのような女を妻にはしない」

「ラファエレ・ディ・マンチーニと結婚するくらいなら、ガマガエルと結婚したほうがましだわ！」ヴィヴィは烈火のごとく怒り、激しく言い返した。「でも、本当は誰とも結婚したくないけれど」

「ウィニーは幸せに暮らしている」祖父は根気強く言い聞かせた。

「姉さんは気弱で、人の言いなりになりやすい人なの。わたしはそうじゃない」ヴィヴィは憤然として言った。「ウィニーのことは大好きよ。でも姉さんとわたしは違う。わたしは結婚したら、それを本物にしたい。体裁を繕ったり高い地位を得たりするために結婚するのではなく」

「まさかマンチーニと添い遂げたいわけじゃあるまいな。信じがたい！」

ヴィヴィは祖父の挑発には乗らず、髪を振り上げた。「まさかあなたがそこまでけちだとは。信じられない！　わたしの里親の家を助ける見返りに不当な条件を突きつけてくるなんて。わたしたちはいちおう家族だけれど、あなたの行動を見ていると、とてもそうは思えない」

「おまえはわたしの家族だ。わたしはずっとおまえを守る」スタムは頑として言い張った。

「わたしを守ることと結婚させることとは違う……しかも、どれほど短い期間でもマンチーニのような男と。そもそもどうやって彼にわたしとの結婚を承知させるの？」ヴィヴィは疑問を口にした。「彼なら、売春婦だと信じている女と結婚するくらいなら死んだほうがましだと思うはずよ」

「実はマンチーニが食いつかずにはいられない餌を持っているんだ。あの男はおまえとの結婚を拒めないだろう」

「どのみち、わたしには関係ないからいいけれど……いいえ、やっぱりよくない」ヴィヴィの目が怒りで北極星のように輝いた。「彼が拒めないような手を使って結婚を迫るなんて屈辱そのものよ！」

「違う」スタムは決然と否定した。「形勢が逆転したんだ。今度はおまえが全権を握っている。そういう経験をしたくないか、ヴィヴィ？　おまえを侮蔑した男が自分の過ちを認めるのを見たくないか？」

見たくないわ。わたしは復讐なんかしなくても生きていける。ヴィヴィは祖父との言い争いの記憶から抜け出し、そう思った。この世でラファエレ・ディ・マンチーニに二度と会わなければ、わたしは幸せでいられるだろう。彼はわたしが忘れたい多くのものを思い出させる。アリアンナのことは大好きだったのに、彼女は兄の命令でわたしとの友情を即座に捨てたようだ。当時はラファエレとわたしの関係も育まれつつあったように見えたけれど……。

そんな思いをヴィヴィは怒りで封じた。あれはただの愚かなキスよ。たった一度きりのキス。あんな些細なことで過度に興奮するべきではない。そんなのはティーンエイジャーだって知っていることよ。彼女は自らを厳しく戒めた。

とはいえ、経験豊富で精神的に安定した女性より、自分が男性に対して無防備なのは自覚していた。ヴィヴィは十四歳のとき、最後の里親となるブルック夫妻――ジョンとリズに引き取られるまで安定というものを知らなかった。この優しい夫婦の家で再び三姉妹そろって暮らすようになるまで。それ以前はろくでもない里親のもとを転々とし、いじめや言葉による虐待を受け、ときには性的な被害にも遭いそうになった。

姉のウィニー、ヴィヴィ、妹のゾーイは自動車事故で両親を亡くした。現在二十三歳のヴィヴィには両親の記憶がほとんどない。彼女たちの父親はスタムの息子で、若い時分に家族と絶縁していた。三姉妹が世話になった里親――今も問題を抱えた子供たちの世話を焼いている里親が経済的苦境に陥り、見かねた三姉妹が祖父に支援を求めて連絡を取るまで、スタムは孫娘の存在さえ知らなかった。スタムは三人を大喜びで自分の人生に迎え入れたが、里親の支援については常軌を逸する条件をつけた。彼女たちの境遇を改善するという名目で、三人全員に祖父自らが選んだ男と結婚するよう要求したのだ。

祖父の人間性にヴィヴィはいまだに疑問符を投げかけていた。おじいさんはただ単に極度の見栄っ張りなの？　それとも頭がおかしいの？　家族を冒涜した者に復讐せずにはいられない性格なの？

確かにウィニーとヴィヴィは男性から不当な仕打ちを受けたが、末っ子のゾーイを傷つけたのは里親だ。ヴィヴィは妹のためにも祖父に抵抗しなければならなかった。意志が弱く極端に内気なゾーイはパニック障害を患い、発作を起こしやすい。祖父と闘うのはとうてい無理だ。あのおとなしいゾーイが誰かに立ち向かう姿など想像もできない。

だからこそ、なおさらヴィヴィは強くならなければならなかった。現在、ヴィヴィとゾーイは祖父が所有する小さなタウンハウスに住み、家賃は払わなくていいと言われている。けれど、ウィニーとその幼い息子テディがいない家はやたらと広く感じられ、しかもヴィヴィは祖父への不信感から、浮いた家賃を使う気になれず、貯蓄にまわしていた。彼女の反抗にうんざりした祖父が姉妹を寒空の下に放り出す日に備えて。

つまり、この不快な髪を再びストレートへアにする余裕はまだないということだ。ヴィヴィは螺旋状《らせんじょう》の赤茶色のカーリーヘアを悲しげにつかみ、顔をしかめて手を放した。この髪は最悪だと思う。ヴィヴィはその髪とともに生まれ、自分の外見に満足できるのはなめらかなストレートヘアに変えたときだけだった。顔のまわりで暴れ、奔放に跳ねながら背中に垂れかかる髪は、フェルト人形の毛糸の髪さながらだ。現在のボーイフレンドのジュードは少しも気にしていないようだ。

もっとも、ジュードはおおらかな性格で、何事もあまり気にしないようだ。彼とはヴィヴィの通っているジムで出会った。ジュードはそこで武道のインストラクターとして働いている。金髪で筋骨たくましい体をしているが、彼に欲望を抱いたことはない。たぶん二人の関係が〝気軽な友人〟に行き着いてしまったせいだろう。ラファエレに出会ってすぐに惹《ひ》かれた経験がなかったら、自分は性的なことに関心のない女だと決めつけたに違いない。

ヴィヴィはこれまでにも多くの男性と知り合ったが、特別な感情を抱いたことはなかった。ラファエレだけが彼女を傷つけ、さんざんに胸の痛みを引き起こした。

改姓という最後の手段に訴える前は、ラファエレのせいで単調なつまらない仕事にしか就けなかった。ヴィヴィはそのときになって初めて、気に入っていた二つの仕事を奪ったスキャンダルを必死に打ち消そうとした。

事の発端は、マーケティングを専攻した大学を卒業後、すぐにモデル事務所の受付係の職に就いたことだった。のちに、そこはモデル事務所として活動する裏で、ひそかにエスコートガールを斡旋《あっせん》していたことが判明した。モデルの多くは副業でエスコートガールをしていたのだ。

発覚したきっかけは、モデル事務所のビルの裏で営業していた売春宿だった。そこに警察の家宅捜索が入り、モデル事務所に飛び火したのだ。

そして、大混乱から抜け出したヴィヴィが走って通りに逃げ出してきたところをカメラマンに撮られたのだ。それは彼女の名前とともに悪名高いタブロイド紙に掲載された。その写真のヴィヴィは滑稽なほど華やかで美しい女性に見えた。もういらないからとアリアンナがくれた高価な服を着ていたのがあだになった。お下がりにしてはすばらしくきれいだったからだ。

携帯電話が鳴り、ヴィヴィはジュードからではないことを願って応答した。今日二人で見る予定の映画を楽しみにしていたので、約束を取り消されたくなかったからだ。

だが、聞こえてきたのは、二度と聞きたくない男性の声だった。イタリア語のアクセントが残る低く深みのある声。ラファエレは声さえもセクシーだ。ヴィヴィはかつてはそう思ったが、電話を耳に押し当てている今は動揺してしまい、物事を冷静に考えることができなくなった。今さら彼が厚かましく電話をかけてくるなど予想もしていなかったので、実際にその声を聞いて大きな衝撃を受けた。

「ヴィヴィ?」彼が言った。「ラファエレだ。話がしたい」

ヴィヴィは黙って通話を切り、すぐに彼の番号を着信拒否にした。ラファエレがおいしい餌を鼻先にぶら下げられて祖父の言いなりになっているとしても、わたしはお断り。そうでしょう? 毅然《きぜん》と自分に言い聞かせても、ジョンとリズの苦境、そして子供のころにその夫婦から受けた恩義を思い出し、ヴィヴィの心は揺れた。それにしても、ラファエレはどうやってわたしの電話番号を知ったの？　今さら〝話がしたい〟だなんて、あまりにお粗末な冗談だ。さすがはラファエレ・ディ・マンチーニ。自ら爵位を名乗ることはないが、イタリアの公爵家に生まれた彼はユーモアのセンスが欠如している。

けれど、ラファエレは人を見つめるのが得意だ……。ヴィヴィはぼんやりと考え、アリアンナから強引に自宅に招かれて彼と初めて会った日のことを思い出した。アリアンナの威圧的な兄は、豊かなまつげに縁取られた目でひたすらヴィヴィを見つめてきた。際立ってハンサムな顔の中にある目が溶けたキャラメルのような金色に変わるときがあり、なぜかヴィヴィの鼓動を速めた。

マンチーニ家でのディナーの最中、互いを知るためのありきたりの会話はほとんどなかった。普段は活発なヴィヴィの舌は人生で初めて動かなくなり、アリアンナが気を遣って沈黙を埋めた。友人がおしゃべりするあいだ、ヴィヴィはひたすらラファエレを見つめ返し、熱い矢に体を射抜かれながら彼に関する知識を増やした。

威厳に満ちた黒い眉。男性的な力強い顎。すばらしい骨格を覆うブロンズ色の皮膚。古典的な鼻の曲線。くっきりした官能的な唇。ヴィヴィは彼の完璧なマナーや流れるように動く優雅な手にも魅せられた。食べるのはおろか、すべてを忘れ、女子学生のようにぼうっと彼に見とれた。アドレナリンが噴出して熱い興奮が体内を駆け巡るのを初めて意識したのもそのときだった。

あれは体がとろけそうな快い体験だった。ヴィヴィは自己嫌悪とともに思い返し、刺激に乏しい現在へと引き戻された。

ロンドンを走る車の中で、ラファエレは携帯電話を投げ出し、ただちに〝プランB〟に切り替えることにした。ヴィヴィは話をしようともしなかった。なんとか彼女をこちらに向かせる方法を考えなければならない。もし礼儀正しさが有効な手段にならないのなら、彼女の祖父の非道な説得方法を見習うべきだろう。それでもうまくいかなければ、ヴィヴィが協力してくれる魔法の方法を見つけるまで、CからZまでのプランを試すしかない。

昨夜ラファエレは珍しく眠れず、二十歳だった学生のときに義母を薬物中毒で亡くして茫然自失《ぼうぜんじしつ》の状態に陥ったことを思い出した。父の死去からわずか数カ月後の義母の死は、ラファエレの人生に大きな衝撃を与えた。彼はいかなる警告も準備もなく、十二歳の少女の責任を負う立場になった――それまでは気にもかけなかった異母妹の。だが、ラファエレはいつしかアリアンナに愛情を感じるようになった。自分は本質的に冷たい人間であり、肉親の情が欠落していると思っていたので、我ながら意表を突かれた。

ラファエレは闇の中でまんじりともせず、もろい妹を守りたいという保護欲のスイッチを切ることはできないと悟った。アリアンナは薬物依存症の母親から不安定な状態で生まれ、自分に罪はないのに自分を傷つける。だがけっして人は傷つけない。不運にも二年前にヴィヴィのような狡猾《こうかつ》な女と友だちになった悪影響から妹を守るため、ラファエレはどんなことでもすると心に決めた。

ヴィヴィにはアリアンナのために耐え忍び、報いを受けてもらうしかない……。

2

「噂《うわさ》によると、この会社は買収されたらしいわ」ヴィヴィの会社の部長、ジャニスが緊張した面持ちで言った。「現在、ハケット・テクノロジー社は世界的な合弁企業が所有している。それがどういう意味か……あなたにわかる？」

「いいえ」不安そうなジャニスを見慣れていないヴィヴィは眉根を寄せて答えた。「そういった経験は一度もないので」

「わたしにとっては……二度目よ」ジャニスは悲しげに言った。「前のときは、新しい上司たちがやってきて大きな変化はないと告げた舌の根も乾かないうちに再編成が始まり、彼らの部下を引き連れてきて元の社員を突然解雇したの！」

ヴィヴィは顔をしかめた。「そうなったらどうしましょう。困るわ。わたしはこの会社が好きなのに」

自分宛てのメールをチェックしたヴィヴィは、聞いたことのない名前の、最上階にいる上司から十時に呼び出されていることを知って驚いた。従業員名簿でその名前を調べても見つからない。つまり、ジャニスから聞いた噂は事実で、新体制がすでにスタートしているのだろうか？　早合点しないようにと自分に言い聞かせ、ヴィヴィはメールのことを誰にも話さなかった。

「ミス・フォックス？」

ヴィヴィが最上階に到着すると、受付係がデスクから離れてヴィヴィを案内した。

「誰がわたしを呼び出したの？」ヴィヴィはこらえきれずに尋ねた。

「会社の新しいオーナーよ。わたしの口から名前は言えない。極秘事項なの」受付係は申し訳なさそうに答えた。

噂が事実だと知ってヴィヴィは無言で眉を上げ、なぜマーケティング部の末端社員が新しいオーナーから呼び出されたのだろうと思案した。わたしに何か尋ねたいことでもあるのかしら？　なぜジャニスではないの？

だが、受付係がノックしてうやうやしくドアを開けたとたん、すべての疑問は氷解した。オフィスの窓から外の景色を眺めていたラファエレ・ディ・マンチーニが振り返ったのだ。

「入りたまえ、ヴィヴィ」彼は氷のように冷ややかに命じた。

ショックのあまりヴィヴィは凍りつき、ほっそりした体をこわばらせた。追い出すことができない状況でいきなりラファエレが自分の人生に現れ、彼女は動揺した。

ラファエレは室内を突っ切り、ヴィヴィが気後れした幼子ででもあるかのように腕をつかんで部屋に引き入れ、ドアを閉めた。「さあ、お互い大人らしく冷静に話をしよう」

ラファエレの記憶にあったなめらかな赤茶色の髪は、華やかに広がるカーリーヘアに変わっていた。ビクトリア朝時代の絵画によく描かれている女性のようだ。ラファエレはぼんやりとそれに気づいた。磁器のように透明感のある肌やきらきら輝く青い目、ふっくらしたピンクの唇にも。

嫌悪していたはずの女性だが、その魅力に圧倒された。むろん以前から彼女は美しかった。気づかない男はいないだろう。平凡な黒いタイトスカートと水色のシャツという服装は地味だが、控えめな曲線を持つ長身でほっそりしたヴィヴィの見事なスタイルを強調している。彼女の身長は百七十五センチで、ラファエレはそこも気に入っていた。自分が百九十三センチもあるので、背の高い女性が好きなのだ。

「帰るわ。こんなのはお断りよ！」ヴィヴィは叫び、くるりと体の向きを変えてドアのほうへ歩きかけた。

「今きみが出ていったら、ぼくはただちに解雇するべき余剰人員のリストアップに着手する」ラファエレはそう告げると、次の数分間でヴィヴィ・フォックス――元ヴィヴィ・マルダスの性格がわかるはずだと予測した。

彼の露骨な脅しにヴィヴィは蒼白《そうはく》になって振り返った。「そんな……わたしがあなたと話すのを拒んだからというだけで、そこまでするの？　横暴すぎるわ！」

「ハケット・テクノロジー社の新しいオーナーとして、ぼくは好きなだけ横暴になる権利がある。昨夜、ぼくからの電話に出なかったのは軽率だったな」ラファエレは黒い眉を上げ、ヴィヴィが彼の腹部をこぶしで殴りたくなるような冷ややかさで応じた。「反抗された場合、ぼくは駆け引きをしない。強硬手段に訴えるまでだ」

その警告にヴィヴィはぞっとした。けれど、ここでひるんではならない。「わたしがそれを知らないとでも思うの？」ヴィヴィはきれいな赤褐色の眉を上げて尋ねた。

「明らかにきみは知らなかったようだ」ラファエレは指摘し、彼女のために椅子を回転させた。「さあ、座ってくれ」

「立ったままでいいわ。長居するつもりはないから」ヴィヴィはその場に立ち続け、弱さを見せまいと決めた。

「きみは、いつもそんなにひねくれているのか？」ラファエレは大げさにため息をつき、力ずくでヴィヴィに言うことを聞かせたい衝動に駆られた。彼女の体を持ち上げて椅子に落としたいという愚かな衝動に。「それとも幼稚なのかな？」

ヴィヴィは色白の頬をかすかに紅潮させ、彼から目をそらして肩をすくめた。「好きなように判断してくれて結構よ」

「話をしたいとぼくがきみに申し出たのはなぜだと思う？」

「祖父にビジネス上の〝拒めない提案〟をされたからでしょう？　わたしと……名ばかりの結婚をする見返りに」

どうやら、ヴィヴィはスタムが莫大《ばくだい》な利益を生む取り引きをぼくに提示したと思っているようだ。つかの間、ラファエレは彼女に事実を話そうかと考えた。スタムに脅迫されているのだ、と。だが、それを話したところでどうなる？　二年間音信不通の元友人の身に何が起ころうと、ヴィヴィが気にするとは思えない。それに、ぼくの妹がいかに弱く傷つきやすい人間かを教えたいとも思わない。ヴィヴィが報復をもくろんでアリアンナの秘密をマスコミに暴露する可能性もある。もしヴィヴィが彼女の祖父に似た性格だったら？

ヴィヴィは上目遣いにラファエレを観察しながら、自分の激しい胸の高鳴りを嫌悪した。ラファエレはいつも、わたしから落ち着きを奪う。これほど大きくたくましい男性の前では怖《お》じ気《け》づくのも当然じゃない？　でも、彼は大きいだけでなく、わたしが出会った男性の中で最も美しい。彼はわたしの防御を簡単にすり抜け、わたしの全身の筋肉をこわばらせる。いったい彼の何が、ほかの男性の前では苦もなく維持できるわたしの冷静さを粉々に打ち砕くのだろう？

頭上の明かりがラファエレの短い髪を照らし、静寂の中で黒っぽい目がヴィヴィの目をとらえた。彼の均整の取れた骨格はミケランジェロの大理石像のように非の打ちどころがない。ブロンズ色の肌も、高い頬骨も、まっすぐな鼻梁《びりょう》も、大きくて官能的な口も、うっすらとひげが生えた力強い顎も、腹立たしいことに初対面のときと同じ強烈な力を放っている。でも、わたしはあれから大人になり、多くのことを学んだ。ヴィヴィは自分にそう言い聞かせて再び視線を引きはがし、一度は拒絶した椅子に腰を下ろした。座ったほうが彼から目をそらすのが容易だからだ。

「その〝拒めない提案〟だけれど」ヴィヴィは無愛想に続けた。「あなたはお金持ちだわ。わたしたちが最後に会ってからあなたの状況が変わっていない限り、さらにお金持ちになる必要はないんじゃない?」

挑むように顎を上げるヴィヴィのしぐさに、ラファエレは真っ白な歯を食いしばった。ヴィヴィはぼくの怒りをかきたてる。ほかの誰にもできないことだ。怒りは自制心を失ったあかしであり、ぼくは自分を守るために努めて怒りを抑制している。「ああ、ぼくの状況は変わっていない」ラファエレはきっぱりと言い、ヴィヴィの無礼な言動によって引き出された怒りと格闘した。

ラファエレは誰かにさげすみの言葉をかけられたことは一度もなかった。そんな勇気のある者はヴィヴィ以外にいない。彼はきつくこぶしを握って怒りをこらえ、アリアンナのためにやり遂げるしかないと自分に言い聞かせた。これはあまりにプライドが高いぼくの性格を改善するいい機会だ。とはいえ、もし報復のチャンスが訪れたら、ぼくは絶対に逃さない。ヴィヴィの無礼な態度を必ず罰してやる。

「あなたは本当に金もうけのためだけにわたしと結婚するつもり?」ヴィヴィは信じられ

ないという口調できいた。

誰かが銃でそこにダイヤモンドを撃ちこんだかのようにラファエレの目が光り、ヴィヴィはまばたきをして彼から視線をそらした。彼の強烈なまなざしには今も胸を揺さぶられる。

「それのどこが悪い？」ラファエレは冷ややかにきき返した。

ヴィヴィは膝の上で手をきつく握りしめた。彼の前で平静を保つのは難しい。ヴィヴィは困惑していた。彼は断じて金の亡者ではない。でも、わたしはラファエレ・ディ・マンチーニの何を知っているの？　愚かにも彼を知りつつあると信じこんでいたけれど、それは完全に誤りだったとわかったはずでしょう？

彼がわたしへの態度を一変させ、金のために喜んで体を売る女だという考えに取りつかれてわたしに屈辱を与えたときに。わたしはラファエレのことを何一つ知らなかった。彼は桁外れの富豪でありながら、もっと財産を増やしたいという欲に取りつかれている。だとしたら、彼の野望を阻止できるのはわたしだけだ……。

そう思うなり、ヴィヴィはぞっとした。祖父と彼を同時に敵にまわしたら、巨岩に挟まれたように身動きがとれなくなるだろう。

「わたしはあなたと結婚したくない」ヴィヴィは彼の左の壁を凝視し、ぽつりとつぶやいた。「あなたとはいっさい関わりを持ちたくないの」

ラファエレは失望といらだちを覚えた。ヴィヴィはスタム・フォタキスに負けず劣らず予測不能だ。ラファエレは内心、ヴィヴィが彼の社会的地位や彼への報復のチャンスに心を引かれ、この結婚に飛びつくだろうと確信していた。しかし実際は、人形のようなよそよそしい顔で彼の目の前の椅子に座り、結婚を拒絶している。

ラファエレは方針を変えた。「本来、エスコートガールだったことは恥でもなんでもない。重要なのはその仕事の中で、どの程度のことをしていたかだ。単なる社交場のサービスを提供していたのなら、何も問題はない」

「よく言うわ！」ヴィヴィは彼をにらみつけた。よそよそしい顔に生気が戻り、普段は青い目がすみれ色を帯びて輝いている。「あなたが本当はそんなふうに思っていないことはお見通しよ。あなたはわたしのことを、充分な謝礼と引き替えに誰にでも体を売る女だと信じている。事実、あなたはそういう態度をとり、わたしをごみのように扱ったわ！」

「きみをごみのように扱ったことなどない」

ラファエレは反論した。

「あなたはリスクが伴う妹の決断をわたしのせいにした。作品集《ポートフォリオ》を作ることに意欲満々だったのはアリアンナだし、わたしが服を脱いでほしいと頼んだわけじゃない」ヴィヴィは思い出しただけで胸の痛みと怒りに苛《さいな》まれた。「すべて彼女が自らの意志で実行したのよ。エスコートの仕事を斡旋《あっせん》されたのは、誰一人、彼女が大金持ちだと知らなかったから。それがどうしてわたしのせいになるのかしら？　わたしはただの受付係で、一介の従業員にすぎなかった。あの会社の実態も知らなかった。わたしは副業でエスコートガールをしていたモデルじゃないの！」

「だったら、それでいい」ラファエレはいらだたしげに応じた。今のヴィヴィの言葉は、ただの一言も信じられない。受付係だと？　これだけぼくをばかだと思っているのか？

の容姿を持つ受付係がいるわけがない。彼女はモデルだったに決まっている。受付係をしていたというのは、ぼくやアリアンナに向けた作り話だ。売春宿に警察の捜索が入った日、ヴィヴィは赤い靴底のハイヒールを履いた姿を撮られ、タブロイド紙に掲載された。あれは一介の受付係が買えるような代物ではない。

とはいえ、これ以上ヴィヴィを怒らせるのは得策でない。タブロイド紙はヴィヴィが身につけた高級ブランドの衣類に着目し、かなりの高級売春婦に違いないと推測していた。

ラファエレに信用されていないことを察知し、ヴィヴィは唇を引き結んだ。なんていやな男だろう。とにかくわたしは卑しい女だと信じたいのだ。自分たち兄妹に比べて明らかに貧しいというだけの理由で。ほかにどんな理由があってこれほどわたしを疑うの？　売春婦のようにふるまったことなど一度もないのに。男性を誘惑したいと思ったことはないし、そのやり方さえ知らない。もともと男性と戯れるのは苦手だ。しかもこれまで出会った男性たちはみな、こちらから親しくなろうと努力する必要がないほど大胆で厚かましかった。

「あなたを嫌っていることを謝るつもりはないわ」ヴィヴィはきっぱりと言った。

「きみの祖父が求めている書類上の結婚のために、ぼくを好きになる必要はない」ラファエレは憤慨して言い返した。

「そんな結婚はわたしになんのメリットもないわ」ヴィヴィは反発したものの、ジョンとリズの借金問題が脳裏をよぎった。そう、結婚するメリットはある。ヴィヴィはやましい気分でそう考えた。結婚すれば、ジョンとリズを助け、祖父を喜ばせることができる。そして、わたしは今後の人生を好きなように生きる自由を手にし、すべての不安から解放される。でも……今度はゾーイが祖父に結婚を強要され、苦境に立たされる。ゾーイをそんな目に遭わせていいの？

「金やダイヤモンドが欲しいのなら――」ラファエレはなめらかな口調で申し出た。彼女がそうしたものに弱いと確信しているがゆえに。

「やめて！」ヴィヴィは声に怒りを込めて遮った。「そんなものでわたしを買収できるとでも？　わたしが欲しいものは祖父がなんでも与えてくれるわ」わたしが必要としているただ一つのものを除いて。それはジョンとリズの負債を完済すること。

祖父にとってははした金にもかかわらず、出し惜しみをして孫娘たちを操ろうとしている。ヴィヴィは怒りに身を震わせた。姉ウィニーの夫であるイロスはその抜け道を見つけ、祖父の計画を台なしにする方法を探しているが、これまでのところ成果はない。ヴィヴィはあとで姉に電話をかけ、その件に関する最新の状況を確認しようと思った。

「どうやらぼくたちは袋小路に入ってしまったようだ。今のところ」ラファエレが〝今のところ〟とつけ加えたのは、ヴィヴィを承諾させるのを断念する気はないからだ。彼はいったん着手したことを途中で諦めた経験はない。今回も例外ではない。充分な時間と労力を費やせば、ヴィヴィが渋る原因を究明し、すばらしい解決策を思いつくだろう。アリアンナを守るために、なんとしてもヴィヴィを攻略しなければならない。

「今夜、一緒にディナーをとろう」ラファエレは決然と言った。

ヴィヴィは驚き、思わずのけぞった。ハート形の顔のまわりで赤茶色の巻き毛が揺れ、青い目が反抗的にきらめく。「お断りよ」

「では、明日の夜」

ラファエレが目をそらせないピンクのふっくらした唇がきつく引き結ばれる。

「それもお断り」

「きみは余剰人員のリストラの件を忘れたのかな？」ラファエレは猫撫《ねこな》で声《ごえ》で話を蒸し返した。彼女を屈服させるためなら、いくらでもそれを武器として使うつもりだった。

ヴィヴィは椅子から飛びのき、顔を真っ赤にして彼に悪口雑言を浴びせた。

「赤毛の女性は怒りっぽいというが、きみの激しさは育ちのせいでもあるようだな」ヴィヴィの本心がうかがえる反応を見ることができ、ラファエレは笑みさえ浮かべて満足げに言った。そうかっかするなと心の中でつぶやいたほど、ヴィヴィの剣幕はすさまじかった。

あきれる一方で、ラファエレは驚嘆してもいた。いったい誰がこんな成り行きを予想できただろう？ ヴィヴィ・フォックスが職場の仲間を案じるとは。どうやら彼女は欲得ずくで動く女ではないらしい。利用できるものはなんでも利用する抜け目のない女だと思っていたが。もちろん、今はその必要はないだろう。なにしろ大金持ちの祖父が後ろに控えているのだから。

「あなたなんか大嫌い！」

「ディナーは明日の夜、八時だ。考えておいてくれ。車を差し向けるよ」彼女から怒声を浴びても、ラファエレは顔色一つ変えなかった。

ヴィヴィは体の両脇でこぶしを握り、手のひらに爪を食いこませた。かつてこれほど彼女を怒らせた男性はいなかった。ラファエレだけだ。だが、彼の脅しを受けて立つ危険は冒せなかった。ラファエレは敏腕で非情な銀行家だ。わたしが従わない場合、口先だけの脅しではすまなくなるだろう。彼は本当に余剰人員を解雇するかもしれない。仲間の生活が脅かされているというのに、どうしてラファエレに逆らえるだろう？　彼はなぜこれほどわたしとの結婚に執着しているのかしら？　いったい祖父に何を提案されたの？

「八時ね」ヴィヴィは歯噛《はが》みしながらその言葉を喉の奥から絞り出した。身を切られるようにつらい。ラファエレ・ディ・マンチーニに些細《ささい》な譲歩をすることさえ、自分への裏切りのように感じる。

「楽しみにしている」

ずうずうしくもラファエレは平然とつぶやいた。手近に投げられるものがあれば、ヴィヴィは彼に躊躇《ちゅうちょ》なく投げつけただろう。

ヴィヴィはエレベーターでマーケティング部に戻った。さまざまな感情が交錯したあと、彼女は放心状態に陥った。ラファエレのそばにいると、怒りや敵意や憎しみが荒波のように襲いかかってきて、正しい思考力を粉砕していく。もっとも、それは彼女自身にも責任があった。もう少し冷静になれていたら、解決策を見いだすことができたのでは？　けれどあれほど神経を逆撫でされたら、平静を保つのは至難の業だ。

彼女の記憶は初めてアリアンナに出会った日にさかのぼった。ヴィヴィにとって最初の職場だったモデル事務所の前の通りで、格子状の排水溝の蓋にアリアンナのハイヒールが引っかかったときだ。勤務してまだ一週間しかたっていないその日、ヴィヴィはランチを買いに外出した。そこで、鷺《さぎ》のように片足で立ちながら靴を蓋から引き抜こうとしているアリアンナに手を貸したのだ。

〝まあ、ありがとう……〟アリアンナは親しみやすい笑みを浮かべた。ヴィヴィと年齢の近い、とても美しい黒髪の女性だった。

ヒールはなかなか蓋から抜けず、うんざりしたアリアンナはもう一方の靴を脱いで拾い上げた。そして片方だけの靴がなんの役に立つだろうと考えこむように見つめたあと、顔をしかめてそれを放った。彼女ははだしでヴィヴィに近づき、自己紹介をした。

ヴィヴィは大きなトートバッグから、出勤時に使っていた使い古しのスニーカーを取り出し、履くように勧めた。アリアンナはまるで命を救ってもらったかのように感謝し、ヴィヴィがサンドイッチを買うつもりだったカフェまでついてきた。自分もおなかがすいたと言って。それが友情の始まりで、二人はランチのあいだに電話番号を交換した。

出会いはまったくの偶然だった。ラファエレがマスコミに示唆したように、アリアンナが裕福だからヴィヴィの〝標的〟にされたわけではない。確かにアリアンナはヴィヴィには手の出ない高級ブランドの服を着ていたが、ヴィヴィは気づかなかった。アリアンナが身につけていた宝石には気づいたが、単にセンスがいいと思っただけだった。

アリアンナはヴィヴィが寂しさを感じているときに彼女の人生に現れた。姉や妹と同居していたのに、寂しくてたまらなかった。なぜなら、当時ウィニーはイロスの子を身ごもりながら失恋の痛手に打ちのめされ、自分のことで精いっぱいだった。ゾーイはもともと内向的で、おしゃべりより自室での読書を好む。そんなわけで、ヴィヴィは快活なアリアンナが好きになり、自分より一歳年下で、都会に暮らしながらあまりに世間知らずのアリアンナを守ってやりたくなった。

初めて一緒に外出した夜、アリアンナはモデルになる夢を打ち明けた。ゴールドのクレジットカードをちらりと見せ、ヴィヴィをとびきり高級なクラブに連れていった夜に。ヴィヴィはさりげない質問をしてアリアンナが別世界の人間だと知り、一緒にいることに少し気まずさを覚えた。

それでも、ヴィヴィはアリアンナのためにモデル事務所の専属カメラマンに声をかけ、モデル業をするうえで名刺代わりになるポートフォリオを作る手配をした。その翌日、アリアンナはヴィヴィを自宅に招き、彼女の兄も含めた三人でディナーをとった。意外にもそれから二度、ラファエレはクラブで二人に合流し、VIPエリアに案内したあとで、なぜ最初からそこを使わないのかと妹を叱った。

彼に生い立ちや職業をきかれると、ヴィヴィは弁解がましく答えた。

〝わたしは一般庶民よ。あなたたちのような人がわたしみたいな者の友人になるべきではないわ。妹さんにも忠告したけれど、彼女は理解できないみたい。傷ついた顔をするの〟

〝ぼくにもわからない。きみと妹が友だちになるべきではないという理由が〟

ラファエレの言葉にヴィヴィは驚いた。彼のことを高貴な血筋を鼻にかけた俗物だと決めつけていたからだ。

もちろんその時点ではなんの問題もなく、ラファエレは妹とヴィヴィの友情に害はないと判断したようだった。悔しいことに、あのころはヴィヴィにとって幸せな日々だった。

ラファエレに惹《ひ》かれ、アリアンナとの遠出に彼が顔を出し始めたとき、ヴィヴィは確信した。彼もまたわたしに関心があるに違いないと。そうした状況が二週間ほど続き、ヴィヴィはラファエレが自制しているのを感じ、女性二人の友情を壊す危険を冒したくないからだと解釈した。

なんておめでたい人間だったことか。自分のうぶさに吐き気がする。彼は基本的に礼儀正しいが、なぜか女性には極端に用心深いと信じこんでいたのだから。

そしてアリアンナの二十歳の誕生日パーティの夜、ヴィヴィは彼にキスをされた。

テラスで新鮮な空気を吸っていたところへラファエレがやってきて、一人でふらりといなくなったことを叱った。ヴィヴィが説教の必要なもう一人の妹であるかのように。アリアンナと同じく守らなければならないと思っているかのように。

やがてラファエレはいつもの冷静さと自制心を失い、強い力でヴィヴィの肩をつかんだ。彼女ばかりか、ラファエレ自身も驚いたに違いない。たった一度のキスだった。あとでラファエレは謝罪し、些細なことだと言った。けれど皮肉なことに、そのキスはヴィヴィがかつて男性と共有した中で最もすばらしく官能的な体験だった。

3

「そんな格好でどこに行くの?」

自宅の廊下でヴィヴィがトレンチコートで体を隠したとき、ゾーイが目ざとく見つけて驚きの声をあげた。その瞬間、着ている服を妹に見られる前にコートを羽織ればよかったと、ヴィヴィは悔やんだ。

「ラファエレとディナーをとるのよ。さっき話したでしょう?」ヴィヴィは赤面しながら、自分とあまり似ていない、小柄で金髪の妹に言った。

「そんな格好で?」ゾーイは信じられないと言わんばかりの口調で尋ね、長くすらりとした脚がのぞくミニスカート、へそのダイヤモンドのピアスが見える短いトップス、恐ろしい高さのハイヒールをまじまじと見た。「それって、去年の冬、常軌を逸した独身さよならパーティに参加したときの服よね」

「そうだったかしら?」ヴィヴィはとぼけ、勢いよく髪をはね上げた。

「ずいぶん刺激的ね」姉がそれに気づいていないかのようにゾーイは注意を促した。

「わたしを売春婦だと思っている男性との食事にはぴったりだわ」ヴィヴィは顎をつんと

上げて言い返した。

「もうやめてよ、ヴィヴィ！」ゾーイは哀願した。「ラファエレはおじいさんと会って話をしたんでしょう？　だったら、自分がどれほどひどく誤解していたか、彼はすでに知っているでしょうに」

「いいえ、ラファエレ・ディ・マンチーニはけっして自分の非を認めない」ヴィヴィは青い目に怒りをたたえて言った。

「だからといって、そんな格好で行ったら、悪印象を助長するだけよ」ゾーイは悲しげに指摘した。

「ラファエレにどんな印象を持たれようとかまわない。わたしはただ、彼が期待しているものの、彼にふさわしいものを与えるだけ。そして挑発し、怒らせたいの」

「でも、どうしても彼と結婚せざるをえないのなら、和解するべきだと思う」ゾーイは心配顔で自分なりの意見を述べた。「正直、わたしはずっとイロスに期待していたのだけれど。この状況からわたしたちを救う方法を見つけてくれるんじゃないかって」

ゾーイが義兄の名を持ち出すと、ヴィヴィは口をとがらせた。

彼女は着替える前、姉のウィニーに電話をかけようかと考えた。だが、現在ヴィヴィの祖父の会社が所有しているブルック夫妻の住宅ローンの債権を買い取れるのは、祖父スタムか当のブルック夫妻に限られる。スタムがそのような法的措置を講じたのだ。ジョンとリズは支払い能力がないうえ、プライドが高いため、ほかの人間からの金銭支援を受けるのをよしとしない。つまり、ジョンとリズを借金地獄から救うには、祖父の力にすがるしかないのだ。祖父の突きつけた条件を三人の孫娘がのむことによって。

かくしてスタムボウラス・フォタキスは三人の孫娘を逃げ場のない窮地へと追いつめた。彼は成り行き任せで莫大《ばくだい》な財を築いたわけではなかった。

「ジュードはどうするの?」ゾーイは眉をひそめて尋ねた。

すると、ヴィヴィは急に深刻な顔をして唇を引き結んだ。「終わりにするわ。もともと中途半端な関係だったし。彼のことは好きよ。向こうもわたしに好意を抱いていると思う。でも、何かが欠けているの」

迎えのリムジンが到着した。ヴィヴィは豪華な革張りの車内に乗りこみ、テレビとバーがあるのを確かめたあと、口紅を塗り足した。しばしの贅沢《ぜいたく》を楽しみながら、ラファエレの反応を予想してわくわくする。彼はこんな格好をした女性と公の場でディナーをとることを呪うだろう。非常に保守的なラファエレのことだから、上流階級向けの高級レストランを予約しているに違いない。

だが、見込みは外れ、ほどなくリムジンはラファエレの豪壮なタウンハウスの前で止まった。ヴィヴィとゾーイが暮らす家の二十倍はある。しかも当然ながらラファエレの家は、中央に住人専用の公園がある広い緑地に面していた。冷や汗が全身からにじみ出る。彼と二人きりになることは想定していなかったからだ。他人の目がない個人宅では、自分のこれ見よがしの最新ファッションが彼を困惑させることも。

この日、ラファエレの時間はどういうわけか遅々として進まなかった。いつもなら勤務時間は飛ぶように過ぎていく。だが、今日は重要な会議中もいらいらして何度も時計を確かめるほどだった。

そして今、彼は複雑な気持ちでヴィヴィの到着を待っていた。今夜のうちにすべてを解決し、最大の成果を手にするつもりだ。アリアンナのため、どんなことをしてでもヴィヴィに結婚を承諾させる。なのに、なぜぼくはこんなにいらだち、じりじりして彼女を待っているんだ？

ヴィヴィは難敵というわけではない。彼女はそこそこの学歴を持つ二十三歳の若い女性で、頭の回転が速く、気性が荒い。ただそれだけだ。たいしたことじゃない。ラファエレが険しい顔でそう自分に言い聞かせたそのとき、頭の片隅で奇妙な声がささやいた。

〝そして……彼女はおまえを求めている〟

なんてことだ《マードレ・ディ・ディオ》。なぜぼくの思考はそっちに向かうんだ？　女性の多くはぼくを求めるが、その九割はぼくの金目当てだ。それは紛れもない事実だ。だが、ヴィヴィとのあいだにはぼくを焦がしかねない性的な化学反応がある。それもまた厳然たる事実だ。過去のどの女性よりヴィヴィは強烈で危険で魅惑的であることは疑いようがない。

二年前、当時は比較的経験が浅いと信じていたヴィヴィに、手練手管を使われたわけでもないのに魅了され、ラファエレは少なからず狼狽《ろうばい》した。のちに、自分がすっかりだまされていたことを知り、彼は安心すると同時に激怒したものの、報復したいという欲求を満たすことなく立ち去った。

ヴィヴィはラファエレを愚か者として扱った。恥じらいがちな上目遣いや、蠱惑的《こわくてき》なかすれた笑い声で。

しかし、そのどれも本物ではなかった。すべてはラファエレを引きつけるための演技だったのだ。もしその化けの皮がはがれる事件が起きなかったら、彼は今もだまされたままだっただろう。明らかにヴィヴィは強欲な策略家だった――少なくとも二年前は。その後、祖父が世界屈指の大富豪だと知り、考え方や生き方が変わったに違いない。一つ確かなのは、ヴィヴィが裕福な人生を手にするために金持ちの男をつかむ必要はなくなったということだ。

初めてヴィヴィに会い、彼女が演技どおりの普通の女の子だと信じてしまったぼくは、なんと愚かだったか。もっと分別を持つべきだった。なにしろ、ぼくの家族は厳しい教訓を残していたのだから。両親は非常に幸福な結婚をして、ラファエレにのどかな幼年期を与えた。しかし母が動脈瘤《どうみゃくりゅう》破裂で急死すると、父マッテオ・ディ・マンチーニは悲嘆に暮れ、人を寄せつけなくなった。

アリアンナの母のソフィアが、かつては非常に堅固だった父の防御をすり抜けたのはそのころだった。父は見抜けなかった――ソフィアが財産目当ての堕落した女だと。

彼女のことをよく知る前に父は結婚を急ぎ、その結果、すべての平安がマンチーニ家から奪われた。父は自分の過ちを認めて離婚する代わりに、困難な状況下で最善を尽くそうと努めた。父が心臓発作で早死にした最大の原因は不幸きわまる再婚のストレスだった……。

たまたま暗い過去を振り返っていたとき、ラファエレはヴィヴィが到着した物音を聞きつけて顔をしかめ、応接間の暖炉のそばで身構えた。石灰岩の床に響くハイヒールの音に、コートを受け取る高齢の執事ウィラードの穏やかな声。そしてドアが開き、ヴィヴィがドアロに現れた。一目見るなり、ラファエレは息をのんだ。

二年前、ヴィヴィは彼の前ではけっして肌をあらわにした服を着なかった。それが今日はいきなり彼の予想とは正反対の姿――半裸に近い姿で現れた。その突然の変身の裏にある理由を考えるより、男としての体の反応が先んじた。ラファエレは催眠術でもかけられたかのように、ヴィヴィに魅入られた。極端に短いスカートに強調された長くきれいな脚。ダイヤモンドのへそピアスが光る腹部。なめらかな白い肌。丈の短いトップスからのぞく細いウエスト。小ぶりながらも、熟れたりんごのように丸く張りのある胸は、体に張りついたトップスを押し上げている。ラファエレの下腹部はたちまち岩のように硬くなったが、脳が急ブレーキをかけた。

「こんばんは」ヴィヴィの声が少し震えた。ラファエレに見つめられると、狼狽していつもこうなる。「あなたにご褒美をあげようと思ったの」

なんとか強がってみせたものの、これほど彼女を動揺させられる男性はラファエレのほかにいなかった。自分に向けられた彼の目が見開かれたり、上品な眉が上がったり、力強い顎がこわばったりするだけで、ヴィヴィはひどくうろたえ、何か間違ったことをしただろうかと恐怖に駆られた。

顔が真っ赤になるのを感じ、自分のくだけすぎた服装がにわかに恥ずかしくなる。自宅ではぴったりに思えた服が今は滑稽に思えた。自業自得だ、とヴィヴィは思った。

「ご褒美？」ラファエレの黒い目はまだ彼女に向けられたままで、豪華な赤茶色の巻き毛をさまよった。その鮮やかな髪と磁器のような白い肌、そして赤茶色の眉とその下の青い目は、いずれも対象の妙を示している。

「そうよ。あなたにはこの格好がふさわしいと思ったの。あなたがわたしをこういう女だと信じているから」ヴィヴィは遠慮なく言った。「てっきりどこかのレストランで食事をするものと思ったから、このおかしな格好であなたを困惑させてやろうと考えたの」

「ぼくは困惑などしていない」ラファエレはつぶやくように否定した。口の中が乾き、欲望に火がついている。彼女の図太さに好奇心をそそられてもいた。けれど、困惑してはいなかった。

ヴィヴィはほっそりした肩をすくめ、悲しげに尋ねた。「なぜ自宅を選んだの？」

彼女が目に見えて落胆しているので、ラファエレは笑いそうになった。

「我が家にはポールダンス用の棒がなくて残念だ」ラファエレはしかめっ面で息を吸い、きわめて不適切な笑いを隠そうとした。

ヴィヴィが頬にかかった巻き毛を払いのけ

た。そういえば、その髪がなめらかでまっすぐだったとき、ぼくは指を走らせたことがあった……。思い出したとたん、ラファエレの下腹部の脈動が激しくなった。

「わたしはそのポールの使い方さえ知らないわ」ヴィヴィは悔しそうに言い返した。

「シャンパンの用意を」ラファエレは執事に告げた。

「シャンパン？　お祝い事でもあるの？」ヴィヴィがすかさず尋ねる。

小悪魔的な顔の中で輝くキャンディのような目を見つめ、ラファエレは挑むように言った。「ぼくたちの来るべき結婚とか」

少しでもリラックスしようと、ヴィヴィはソファの端に寄って脚を投げ出した。

「それは無理ね。承諾できかねるもの。わたしはあなたが大嫌いだし、あなたの頼みを聞く義理もない。死んでもいや」ヴィヴィは正直に言い、仰々しい銀のトレイから泡立つシャンパンのグラスを手に取った。そうした儀式めいた展開のせいで、彼女は現実離れした印象を抱いた。王族以外の現代人はそのような伝統的な因習にはほとんどなじみがない。

「ぼくがきみの心を変えさせる」ラファエレは自信たっぷりに言いきった。

「どうやって？」ヴィヴィはシャンパンを一口飲んで尋ねた。泡が上唇に当たってはじける。「わたしはめったにぶれない女よ」

もしわたしがぶれやすい女なら、とヴィヴィは思いを巡らせた。ラファエレはその目標を易々《やすやす》と達成できただろう。少し離れたところでポーズをとる、洗練されたスーツ姿のラファエレは、いまだに人目を引かずにはおかない。不公平なことに、腹が出ることも髪が薄くなることもなく、その容姿が衰える気配はまったくない。そう、どこから見ても完璧で、息をのむほど美しい彼は、毒のようにわたしの心の平安をむしばむ。

腿の奥がずきずきと脈打っていることに気づき、ヴィヴィは慌てて脚を組んだ。ラファエレのそばにいると、改めてその影響力の大きさを思い知らされる。ヴィヴィは硬くなった胸の頂にたじろぎ、体の熱を冷ましてくれることを願ってシャンパンを飲み干した。

そんなふうに彼女に影響を及ぼす男性はラファエレただ一人。ヴィヴィは自分の体が手に負えなくなるのを嫌悪した。女子学生のように体が勝手に彼にのぼせるなんて屈辱的だ。不安にもなる。ラファエレがかがんでシャンパンをついでくれたとき、ヴィヴィは動揺を押し隠してぎこちなくほほ笑んだ。

「きみの体は美しい」ラファエレは身を起こし、何気なく言った。

「いきなり何を言いだすの？」ヴィヴィは身構えた。

「きみはぼくにそれを気づかせたいんだ。そうだろう? さもなければそこまで見せびらかすはずがない」

「ばかばかしい!」ヴィヴィは非難を込めて言い返した。「見せびらかすですって? わたしはただ、あなたを困惑させたかっただけよ!」

「落ち着いてくれ……ぼくはその眺めを楽しんでいる」ラファエレは猫撫《ねこな》で声《ごえ》でつぶやいた。「そろそろダイニングルームに移動しようか」

ほっとし、はじかれたように立ち上がった拍子に、ヴィヴィはぶざまにふらついた。これ見よがしに履いていたウェッジソールのハイヒールのせいだ。


腹立たしいことに、ラファエレがとっさに彼女の肘をつかんで支えた。彼の長い指の熱と力強さを感じるや、恐ろしい欲望の矢がヴィヴィの体を貫いて下腹部で渦巻いた。

廊下を歩きながら彼を盗み見ると、ダイヤモンドのように輝く黒い目に見返された。彼のまつげは驚くほど長くて濃い。ヴィヴィは胸を締めつけられ、息苦しくなった。そしてラファエレと目が合った瞬間、自分がどこにいるのかも忘れ、恐ろしい空白が脳に忍びこんだ。

ダイニングルームは応接間に負けず劣らず壮麗で、ヴィヴィの注意を引くには充分だった。大理石の暖炉から、窓にかかる贅沢なカーテン、クリスタルガラスや銀食器や生花で彩られたテーブルに至るまで、ジョージアン様式の優雅さを醸し出している。けっして華美ではない。

「二人だけにしてはかなり改まった席ね」自分の場違いな服装が気になり、ヴィヴィはますます落ち着かなくなった。

「ウィラードを失望させたくなくてね」

「ウィラード？」

「父から受け継いだぼくの執事だ。頑として引退を拒んでいる」ラファエレは悲しげな口調で言った。「彼には肉親が一人もいない。ぼくとぼくの妹だけが家族なんだ」

「無理やり引退させないなんて、ずいぶん優しいのね」ヴィヴィはテーブル越しに彼を見つめ、率直に驚きをさらけ出した。

「ぼくが子供のときからウィラードはとてもよくしてくれた」ラファエレは認めた。「彼は父の代と同じやり方で食事の準備をするのを楽しんでいる。時代の変化に気づくこともなく」

ヴィヴィは料理を頬張り、頭をのけぞらせた。「つまり、あなたも優しくなれるのね。その優しさがわたしに向けられなかったのは残念としか言いようがないわ」

ラファエレは顔をしかめた。「だが、誓って言うが、ぼくはきみに売春婦のレッテルは貼っていない。あの見出しはマスコミのでっちあげだ。ぼくはいっさい関わっていない」

ヴィヴィは肩をすくめた。「それでも、あなたはわたしを売春婦だと信じた」非難がましく言い返す。「アリアンナの友人としてのわたしを知っていたにもかかわらず」

「きみのことを知っていると思っていた」ラファエレは痛烈な口調で応じた。

「いいえ、あなたはわたしを知っていたはずよ」二皿目が運ばれてきたとき、ヴィヴィは毅然《きぜん》として言った。「あなたは単に妹の身代わりが欲しかったのよ」

「ぼくはそんな卑怯《ひきょう》な男ではない」ラファエレは冷ややかに言った。

ヴィヴィはあきれたような表情で異を唱え、驚くほどの食欲で料理を平らげていった。

彼女はラファエレとのディナーに同意したとき、ひそかに決意した。名誉回復のために身の潔白を証明し、彼にすべての間違いを認めさせようと。「あなたは明らかにそういう男性よ。物事や人物についていったんこうだと決めたら、二度と見直したりしない」

「ぼくは論理的な思考の持ち主だ」ラファエレは反論した。彼女の顔が上気し、息が荒くなっていくのがわかる。怒りの兆候だ。

ヴィヴィが深呼吸すると、伸縮性のあるトップスの下でブラジャーをつけていない小ぶりな胸が波打った。ラファエレの視線は自然とそこに引きつけられた。

「わたしは二週間ほど受付係をしていただけ。大学を卒業してすぐあの職に就いたのは、短期間であんなにお給料をもらえる仕事がほかになかったから。家賃を払うために稼ぐ必要があったの」

ラファエレは唇を引き結び、彼女のトップスの生地に浮き出た胸の頂から懸命に目をそらそうとした。これが露出度の高い服を着てきた真の理由なのか？　公の場でぼくを困惑させるためではなく、ぼくの心をかき乱すために？　だとしたら、実に簡単だ。ラファエレは歯を食いしばり、テーブル越しの光景を見るまいと必死に闘った。ぼくは血気盛んな男で、彼女はいとも簡単にぼくを興奮させる。

「あなたはわたしの話を少しも聞いていないようね」ヴィヴィは非難がましく指摘した。

「いや、聞いている」ラファエレはうなった。

「そんなに不機嫌にならなくてもいいでしょう！」ヴィヴィはからになった皿を押しのけた。訴えるような目で浅黒く端整な顔を見つめて続ける。「わたしは説明しようとしているのよ」

「説明を頼んだ覚えはない」ラファエレははねつけた。「実際、その過去については話し合いを避けるほうが賢明だと思う」

ヴィヴィは歯噛《はが》みし、椅子を後ろに押して立ち上がると、当てもなく室内を行ったり来たりし始めた。短いスカートが長くほっそりとした脚の上で揺れる。

した腿の上で揺れ、小さな丸いヒップを強調する。愚かしいほどヒールの高い靴は美しい脚と繊細な足首を引きたてた。

ラファエレは興奮している自分に怒りを覚え、大きく息を吐いて気持ちをしずめようとした。「わかった。説明を続けてくれ」彼はいらだたしげに促した。

ヴィヴィは肩越しに彼をにらんだ。「てっきり、もっと礼儀正しい人だと思っていたのに」

「それは同席している人間しだいだ」ラファエレはそう言ったあとですぐ、口をつつしめと自分に言い聞かせた。ヴィヴィと喧嘩《けんか》をすればするほど、結婚というゴールが遠のいていく。

ヴィヴィは青い目に怒りをたたえて振り返った。「そしてもちろん、あなたがわたしをどんな同席者だと思っているか、二人ともよく知っている」

「きみは売春宿の従業員だったんだろう?」

「売春宿があったのは同じビルの裏手で、わたしは一度も入ったことがない。入口が別々だったのよ。どうしてそこが売春宿だとわたしにわかるの?」ヴィヴィはグラスを空け、磨き抜かれたテーブルの端に音をたてて置いた。「わたしはモデル事務所で働いていたの。ちゃんとしたモデル事務所で」

「ちゃんとした? アリアンナに服を脱がせ、

魅力的な写真を撮ろうとするカメラマンがいる事務所のどこがちゃんとしているんだ？」ラファエレは嘲った。「ぼくがそれを信じるほどばかに見えるか？」

「見えないけれど、あなたはばかよ！」ヴィヴィは即座に言い返した。「確かにアリアンナは浅はかなことをした。でも、それはわたしではなく、彼女自身の決断よ。そのとき、カメラの前で服を脱ぐかどうかを彼女はわたしに相談しなかった。わたしに過失があるとしたら、彼女のために予約を取ったことだけよ」

「そしてスタジオにアリアンナを誘いこんだ手数料をもらったわけだ」ラファエレはせせら笑った。

「ひどい！　わたしは売春斡旋人《あっせんにん》じゃなく、受付係だったのよ！」ヴィヴィは息をあえがせた。「わたしはアリアンナをどこにも誘いこんでいない。どうしてそんなことをする必要があるの？」

「あの裸の写真がたちの悪い連中の金もうけの手段になったからだ」ラファエレは苦々しげに答えた。「ぼくは妹を守るために法外な金を出して写真を買い取らなければならなかった。アリアンナが読みもせず、小さな活字の契約書にサインしてしまったせいで」

　ヴィヴィはしぶしぶうなずきながらも、悔しくてたまらなかった。わたしがアリアンナの写真の件にいっさい関わっていないことを彼はどうしても納得してくれない。

「それについては気の毒に思うけれど、本当にわたしは手引きなんかしていない。わたしはただの管理スタッフだったの」

「なぜ白状しないんだ？」ラファエレは業を煮やして声を荒らげた。「ぼくはきみの祖父に告げ口をしたりしない。きみは受付係ではなく、副業でエスコートガールをしていたモデルの一人だった」

「モデル？」ヴィヴィは悲鳴じみた驚きの声をあげ、体の脇でこぶしを握った。「わたしはモデルをしたことなんてないわ！」

「どうしても認めないのなら……」ラファエレの猫撫で声は幽霊の愛撫《あいぶ》のように彼女の背中を震わせた。「マスコミに写真を撮られたとき、何千ポンドもするブランド品で身を固めていたことはどう説明する？　いったいどうしたら慎《つつ》ましい受付係がそんな高価な服を買えるんだ？」

ヴィヴィはため息をつき、あきれた表情を浮かべた。「買えないわ。わたしが身につけていた品はすべてあなたの妹のものだったの。アリアンナはクローゼットを整理し、不要になったものをわたしに譲ると言い張った。似たような背格好だし、わたしは大助かりだったわ。大学を出たばかりで、あまり服を持っていなかったから。アリアンナは会うたびにわたしが同じ服を着ているのを見たくなかったみたい」

ラファエレは青ざめた。「信じられない」

「だったら、アリアンナに電話をかけて尋ねてみたらどう?」ヴィヴィはむっとして促した。「まったくもう! あなたって人はわたしの言葉はすべて受け入れないのね」

「きみは中古品を着ていたのか?」ラファエレは疑わしげな口調で尋ねた。

「わたしはよくチャリティショップで中古品を買う――いえ、買っていた。以前はね」ヴィヴィは自分の率直な性格に不可欠な誠実さをもって答えた。「あなたはいつも自分より貧しい人に対して偏見を持って接するの? 貧乏人の言動をつねに悪くとらえるの?」

「偏見など持っていない」ラファエレはむきになって否定した。

「いいえ、あなたは偏見の塊よ!」ヴィヴィは彼に歩み寄り、人差し指でシャツの胸元を突いた。「もしあなたを半分に切ったら、金色の層に偏見がつまっているのが見えるでしょうね。あなたの世界観では、お金持ちだけが信念と自尊心を持っているのよ。あなたは正当な理由や根拠もなく、わたしのような人間を悪く評価したがる」

「ぼくには正当な理由があった」ラファエレは憤然として主張した。「二度とぼくに触れないでくれ」

「ちょっと突いただけじゃない！」ヴィヴィは再び彼の胸を突いた。「そんなにむきにならないで」

ラファエレの目が嵐を呼ぶ稲妻のように光ったかと思うと、彼はヴィヴィの腕をつかんで引き寄せた。「いくらでもむきになるさ」

「喧嘩を売っているの？」ヴィヴィは嘲った。

次の瞬間、ラファエレの口が彼女の口にぶつかった。視界が暗くなり、ヴィヴィはまたもふらつき、不意に脚から力が抜けた。彼の舌が口の中に侵入してきて、ヴィヴィのすべての皮膚をざわつかせる。自然とまぶたが下がり、喜びを期待する原始的な力に全身をわしづかみにされた。ヴィヴィは必死にそれと闘おうとし、一瞬あとずさりしようと試みた。だが手足に力が入らず、いっそ彼の強く揺るぎない力に身を委ねたくなる。それでもヴィヴィは気力を振り絞り、すばやく息を吸ってから震える声で尋ねた。

「何をしているの？」

「きみが到着するのと同時にするべきだったことをだ」ラファエレはうなり声で答えた。

彼は危険なほど自制心を失っていたが、思いがけずその危険な感覚を楽しんでいた。

「あなたって、野蛮人だったの？」第二の皮膚のように彼の体が密着しているあいだも、ヴィヴィは憎まれ口をたたいた。彼の大きな体はどこもかしこも筋肉質で力強い。

ラファエレは彼女の赤くなまめかしい唇を見つめ、頭のどこかで発せられた警告の声を黙らせた。ヴィヴィが欲しかった。これほど強く女性を求めたことはなく、とうてい我慢する気にはなれない。情熱にけぶったすみれ色の目と視線が絡み合った瞬間、ラファエレは再び彼女の唇を奪った。彼女も同じくらい求めているのがわかる。

ヴィヴィは半ば放心状態だった。なんてこなの。彼はキスがうますぎる。頭はくらくらし、体は愛撫を切望している。こんな感覚は初めてだ。ヴィヴィは身を震わせ、硬くなった胸の頂を強く意識し、彼が自分に及ぼす影響力に呆然《ぼうぜん》とした。ラファエレが舌を抜き差しして技巧を駆使し始めると、彼女の体の内側でふくれあがった熱がついに爆発した。

ラファエレの手がスカートの下に入りこむ。すると、ヴィヴィの意思とは無関係に、腿がその手を締めつけた。彼は息をのみながらも、柔らかな腿の内側を撫で上げた。ヴィヴィの唇がしだいに開いていく。ラファエレの指はショーツを引きはがし、ついに彼女の潤んだ場所を探り当てた。その瞬間、ヴィヴィは彼の腕の中に倒れこみ、あえぎ声とともに体を痙攣《けいれん》させた。

「きみは信じられないほどセクシーだ」ラファエレはかすれた声でささやいた。

ヴィヴィははっとして彼を見上げた。どん

な形でも、ラファエレからの称賛にはどうしようもなく心を揺さぶられる。脚のあいだの脈動は激しさを増し、これまで感じた何よりも切実に彼を求めていた。

情け容赦ない恐ろしい欲望に苛《さいな》まれ、まともに頭が働かない。「あなたも」ヴィヴィはぼんやりとつぶやいた。

「これほど女性を求めたのは初めてだ」ラファエレは取りつかれたような口調で認めた。

ヴィヴィの目が満足げに光った。わたしがラファエレを求めるのと同じだけ彼もわたしを求めている。彼はわたし以上にそのことが気に入らないようだけれど、わたしは初めてラファエレと対等になった気がする……。

4

ラファエレに抱き上げられ、ヴィヴィは驚きの声をもらした。彼の自信に満ちた態度は言うに及ばず、たくましい体がヴィヴィをわくわくさせ、とめどなく妄想が広がっていく。

「この極上のビジネススーツの下には野蛮人が潜んでいたのね」窓辺の優美なソファに横たえられたとき、ヴィヴィは彼を見上げてささやいた。

きみのそばにいるときだけ現れる野蛮人だ、

とラファエレは心の中で補足し、深く考えまいとした。彼は気軽なセックスを楽しんだことがなく、突然の衝動に屈したことも誘惑に負けたこともなかった。にもかかわらず、ヴィヴィを抱き寄せてしまった。しかも、頭の中の警報器はいっこうに鳴らない。

世の中には悩む必要がないこともあるし、男女間のことは至って単純なはずだ――ラファエレは強引に自分を納得させようとした。セックスは単なるセックスだ。ぼくたちが肉体的に引かれ合っているのは明らかなのだから、二人で協定を結び、ヴィヴィの祖父が要求する結婚に臨めばいい……。

おまえは本気でそう思っているのか？　ラファエレの頭のどこかから声があがった。本気でそう思っていないことはわかっていたが、彼はその声を無視した。今は痛いほど興奮が募り、理詰めで考えるのは不可能だった。

彼が隣に身を横たえた瞬間、防衛本能が急に頭をもたげ、ヴィヴィは凍りついた。「何をしているの？」

ラファエレは彼女の不安げな目をのぞきこんだ。「怖《お》じ気《け》づいたのか？」

「それほど臆病じゃないわ」ヴィヴィは自分の一瞬の躊躇《ちゅうちょ》を愚かしく思いつつ、誇り高く宣言した。尋常ではない好奇心が彼女をたきつけていた。ラファエレと親密になるのはどんな感じなのか、知りたくてたまらなかった。もし彼がわたしを利用する気なら、わたしも彼を利用してやる。今後二度と彼に会う必要がないのはわたしの強みだ。

「なんてことだ《マードレ・ディ・ディオ》……ぼくはきみが怖じ気づくのを願っていた」ラファエレは本心からそう言い、頭を下げて再び彼女の唇を貪った。

たちまちすさまじい熱が戻ってきて、ヴィヴィは陶然となった。ラファエレの技巧が二人のあいだの障壁を打ち壊していく。もはやヴィヴィは何も考えられなかった。自分だけの世界にいたからだ。強烈な欲望と興奮の世界に。ラファエレは彼女のトップスをはぎ取り、手で胸を包んで、とがったピンクの頂を口に含んだ。体温が急激に上昇し、ヴィヴィの体は勝手にもだえ始めた。ラファエレが秘めやかな場所をからかう。彼の卓越した技術を前に、ヴィヴィはなすすべもなく、あえぎ、うめき、細い指で彼の短い黒髪をつかんだ。

興奮が猛々《たけだけ》しい波となって襲いかかってきて、ヴィヴィはどうしようもなく腰を浮かせた。まるでそこへ行き着けなければ死んでしまうとでもいうように。ラファエレは彼女の開いた唇に自分の唇を激しく押しつけ、彼女の口の奥深くまで舌で探索した。すると、興奮したヴィヴィにネクタイを乱暴に引っ張られて絞め殺されそうになり、自らネクタイをむしり取った。ラファエレがキスを続けるあいだ、ヴィヴィは彼のシャツと格闘し、ボタンをいくつかはじき飛ばしながらようやく脱がせた。

「きみはぼくの体に火をつける」ラファエレはうめいた。

ブロンズ色の引きしまった胸に手のひらを這《は》わせたヴィヴィは、熱い肌と発達した筋肉に圧倒された。「本当だわ、熱くなっている」からかいまじりに言う。

ラファエレはにやりとして、いつもの近寄りがたい雰囲気を顔から追い払った。高い頬骨が興奮で上気している。彼に最も敏感な部分を親指で触れられると、ヴィヴィは身を震わせ、またも何も考えられなくなった。

もっともっと彼が欲しい。熱に浮かされた頭で考えられるのはそれだけだった。ラファエレの情熱はヴィヴィに衝撃と喜びを与えたが、彼がかきたてる興奮のすさまじさに、彼女はおののいた。

ラファエレは避妊具を持っていなかった。たぶんヴィヴィはピルをのんでいるだろうと彼は自分に言い聞かせた。中断して二階に避妊具を取りに行くのは気が進まなかった。そのあいだに、腕の中にいる美女の気が変わるかもしれないからだ。もし彼女が心変わりしたら、ぼくは死ぬほど後悔するだろう。当然、彼女はピルか、あるいはそれ以外の方法で避妊をしているはずだ。ラファエレは勝手に決めつけ、ほっそりした腿をいらだたしげに持ち上げた。そして、我を失うほど興奮した男のすべての力とエネルギーで彼女を貫いた。

突然の痛みに悲鳴をあげ、ヴィヴィは恥ずかしくなって目をきつく閉じた。

すると、ラファエレは動きを止めた。「痛いのか?」

「いいえ、もちろん痛くないわ」ヴィヴィはきっぱりと請け合い、バージンであることを隠そうとした。この年齢で未経験なのはきまりが悪い。

「だったら……なぜ……」ラファエレは疑問を口にしかけた。

「興奮しすぎて取り乱してしまっただけ」ヴィヴィは恥ずかしい嘘《うそ》に顔から火が出そうだった。ラファエレの首筋に顔をうずめ、声には出さず〝痛い〟と口だけ動かして、彼の官能的なにおいを一心不乱に嗅ぐ。刺激的な麝《じゃ》香《こう》のにおい……。とてもいいにおいだ。

「よかった《グラツィエ・ア・ディオ》……」ラファエレは安堵《あんど》の言葉をもらし、再び動き始めた。彼の下腹部では熱い興奮が渦巻き、彼女と一つになった瞬間から全身が悲鳴をあげていた。

いつしかヴィヴィの緊張は消えていた。液状の熱が血管を駆け巡り、彼女を内側から燃え上がらせる。ラファエレが深く入ってきて動くにつれ、甘美な喜びが下腹部に集まり、狂おしいほどに快感が募った。ヴィヴィは自分が高みへと引き上げられていくのを感じ、圧倒された。ラファエレが喉の奥から満足げなうめき声をもらしたかと思うと、イタリア語で何かつぶやき、頭を下げて激しいキスをした。一瞬、ヴィヴィは彼が終わったかと思い、失望した。

これでおしまいなのね。噂《うわさ》で聞いた快感の嵐はうぶな娘をその気にさせる作り話にすぎなかったんだわ。

そう思った次の瞬間、状況が一変した。

ラファエレが上体を起こし、ヴィヴィの腿を持ち上げて自分の肩にのせて、抑制を解いた獰猛《どうもう》さで貫いたのだ――何度も。ヴィヴィは上体を大きく反らした。下腹部の熱は勢いよく広がり、もはや食い止めることが不可能な大波と化した。動悸《どうき》が激しくなり、胸が苦しくなる。ラファエレの切迫した動きは、予想もできないやり方でヴィヴィを支配し、操った。やがてとてつもない熱が体内で爆発し、彼女を果てしない高みへと押し上げた。

ヴィヴィは喜びに身を震わせ、めくるめく快感に驚きの叫び声をあげた。そして満ち足りた気分で地上に戻り、絶頂の余韻に身を委ねた。

「すばらしかった」ラファエレは息を弾ませ、荒々しい声で言った。赤い巻き毛を汗で濡《ぬ》れた額から払いのけながら、ヴィヴィの体から下り、押しつぶしかねない自分の重みから彼女を解放する。

その直後、奇妙な沈黙が落ち、ヴィヴィは重くなっていたまぶたを上げた。ただならぬ官能の喜びを堪能したあと、彼女はけだるい放心状態にいた。

ラファエレが彼女を見下ろし、顔をしかめていた。

「血がついている……」

ヴィヴィの表情豊かな顔は驚きを隠せず、恥ずかしさに頬が染まった。急いで起き上がって膝を抱えると、豊かな巻き毛がマントのように肩に垂れ落ちた。

「そう?」ヴィヴィは冷静な口調を装ったものの、声は気持ちを忠実に映し、びくついてぎこちなかった。「わたしはバージンだったの。まさか本当に血が出るなんて……」

「バージンだって?」驚きに打たれてラファエレは叫んだ。すぐさま彼女の告白に反論しかけたが、さまざまな事実を論理的に考えて言葉を失った。

その事実の中には彼女の祖父の警告も含まれていた。スタムボウラス・フォタキスはヴィヴィのことを〝純真な娘〟と言ったのだ。だが、ぼくは安易に聞き流した。孫娘に対する老人の見解を軽視したのだ。ヴィヴィに対するぼくの揺るぎない確信と矛盾していたから。ラファエレは苦々しく認めた。〝確信〟は完全な間違いだったのだ。

ラファエレの人生ではめったにない経験だ

った。それだけに彼が受けた衝撃はすさまじかった。

「そうよ。別にたいしたことじゃないわ」ヴィヴィは彼に取り合わず、急いでソファから下りて服を拾い集め、手早く身につけた。そして精いっぱい無頓着に肩をすくめた。

「たいしたことじゃないどころか、大事件だ。きみがその年齢でバージンだったのなら」ラファエレはすかさず異議を唱えた。

「単に、経験がなかっただけよ……セックスの」ヴィヴィはむきになって言った。「〝じゃあ、なぜ初めての相手がぼくだったのか〟だなんて尋ねないで。自分でもさっぱりわからないんだから」

「一般には……それを性的な吸引力と解釈する」ラファエレはため息まじりに言った。ダイヤモンドのピアスをへそにつけ、ウェッジソールのハイヒールを履いたヴィヴィが純《じゅん》真無垢《しんむく》だったという衝撃がいまだにおさまらない。「その吸引力はぼくの判断力も狂わせた」

ヴィヴィはまた肩をすくめた。「もうすんだことよ」

世慣れた女性のようなさばさばした口調だった。不意にヴィヴィが三十歳の自分よりはるかに年上に思え、ラファエレはうめき声を抑えながらズボンのファスナーを上げた。

「そう簡単には片づけられない。判断力が狂ったせいで、軽率な決断を下してしまったのだからな。手近になかったから、ぼくは避妊具を使わなかった。そして、きみが避妊をしているると思いこんだ」

「避妊なんかしていないわ」ヴィヴィははっと息をのみ、片手で口を押さえた。「ということは……」不安に駆られて言葉が途切れる。

「何が起きようと、ぼくはきみと力を合わせて対処する。いったん過ちを犯したら、ぼくは自分の過失を認め、それを正すために自分のできることをする」ラファエレはシャツを着ながらいかめしい顔で宣言した。

〝過ち〟と決めつけられ、ヴィヴィはむっとした。「あなたがこの過ちを正すためにできることはないわ――何一つ」

ラファエレのセクシーな唇がゆがむ。「とにかく思い悩む必要はない。幸い、ぼくたちはむやみに怯《おび》えるティーンエイジャーではないのだから」

「まあ……確かにそうだけれど」ヴィヴィはしぶしぶ認めた。「でも、あなたがそんな危険を冒したことが信じられない」

「今にして思えば……」ラファエレはヴィヴィの紅潮した顔を見つめた。彼女の青い目はいつも以上にきらきら輝いている。「ぼくも信じられない。危険がないと思いこむなんて、分別を失っていたとしか言いようがない」

「意外だわ。あなたでも無分別に何かをすることがあるのね」ヴィヴィは皮肉を言わずにはいられなかった。

「やめてくれ。きみが驚いているのと同じくらいぼく自身も驚いているんだ。ところで、なぜきみは靴を履いているんだ?」

ヴィヴィは目を見開いて顔を上げた。「家に帰るからに決まってるでしょう」

ラファエレは眉をひそめた。「帰ってはいけない。今夜はここに泊まるんだ」

ヴィヴィは青い目をさらに見開き、あっけに取られて、ソファに座ったまま彼を見つめ返した。「ゾーイはわたしが帰ると思っているわ」

「それなら電話をかければいい」ラファエレはそう言って主導権を握った。思いがけない出来事が起きて動転しているヴィヴィを、再びいつもの攻撃的な仮面の陰に隠れさせたくなかったからだ。

ヴィヴィは当惑し、ためらいがちに携帯電話を取り出した。ソファでの慌ただしい行為は気軽な子供じみた情事に思え、彼女の好みではなかった。一方、ラファエレの家で一夜を過ごすことにはもっと大人っぽい成熟したイメージがあり、そのほうが受け入れやすい。

ラファエレ・ディ・マンチーニと関係を持ってしまったショックはまだ尾を引いていた。なぜそんなことになったのか理由がわからず、ヴィヴィは狼狽《ろうばい》していたが、ただの過ちにはしたくなかった。新たな人生経験の一つとして受け入れるほうがはるかにいい。彼女は毅《き》然《ぜん》として自分にそう言い聞かせた。なぜセックスのように日常的なことで騒ぎたて、罪悪感を抱く必要があるの？

「帰りは明日の朝になるわ」ヴィヴィは妹に告げた。「シャンパンを飲みすぎて……酔ってしまったの」言いながら、彼女は眉間にしわを寄せた。もともとアルコールをあまり飲まないからだ。

「マンチーニとシャンパンを飲んだの？」ゾーイが疑わしげに尋ねた。

「とてもおいしいシャンパンだったの」ヴィヴィは沈んだ声で言って通話を切り、ラファエレをちらりと見た。彼のシャツはまだ前がはだけられていて、ブロンズ色の広い胸と引きしまった腹筋が見えている。「わたし、いつもはあまり飲まないの。本当に酔っていたのかもしれない」

「いや、きみは酔っていなかった！」ラファエレは即座に反論した。「ぼくは酔った女性とはセックスをしない。いいかげん言い訳を探すのはやめ、現実をありのままに受け入れるんだ」

けれど、あれがなんだったのかヴィヴィにはわからなかった。それがいちばんの問題だ。明確な理由があってずっと純潔を保っていたわけではない。もっと若く、今ほど冷めていなかったときは、恋に落ちての初体験を夢見ていた。けれどそのころでさえ、初体験を急いではいなかった。かつて、ある里親が下心を抱いてヴィヴィに触れようとしたことがあり、それを機にすべての性的な行為がいかがわしく思えるようになったからだ。そのうえ、彼女は誰とも恋に落ちなかった。姉のウィニーは恋に落ちたが、幸福をつかむには長い苦難の道を歩かなければならなかった。

男性を愛することはしばしば苦しみと失望を伴うと知り、ヴィヴィは愛を夢見るのをやめた。愛は人を無防備にする。できるものなら無防備になりたくなかった――子供のころのようには。子供時代のヴィヴィは〝これが最善〟と主張する大人たちの言うがままだったが、ちっとも最善ではなかった。どこに行っても幸せに暮らせたためしはなかったからだ。姉妹以外の誰かを信頼すること――それはヴィヴィにとっては挑戦そのものだった。

「だったら、さっきのはなんだったの？」ヴィヴィは尋ねた。

「それはたいした問題じゃない《ノン・インポルタ》……気にするな」その話題は二人を厄介な方向へ導くと判断し、ラファエレは彼女の質問を却下した。そして身をかがめてソファから彼女を抱き上げ、そのままドアへと向かった。

「どこに行くの？」

「二階だ。シャワーときちんとしたベッドがきみを待っている」

ラファエレの言葉はヴィヴィの耳にすばらしく魅力的に聞こえた。彼との二度目の親密な行為の予感に胸を弾ませ、おとなしく二階に運ばれた。

けれどもちろん、それはただのセックスだ。もし妊娠したら、困った事態になるだろう。ヴィヴィの胸を不安がかすめた。ウィニーは予定外の妊娠をした。それだけになおさら、ヴィヴィはつわりの苦しみや赤ん坊に振りまわされる育児の大変さを痛感していた。姉の二の舞を演じたいとは思わない。

一方、セックスがきっかけとなり、ラファエレはヴィヴィへの見方を変える必要に迫られていた。彼女に抱いていた確信がすべて誤りだったことが証明されたからだ。彼は絶対に自分は過ちを犯さないと信じていたが、その確信があっけなくくつがえされ、ひどく動揺していた。

どうやら本人が主張するとおり、ヴィヴィはあの事務所の単なる受付係にすぎなかったらしい。美人ではあるけれどごく普通の若い女性で、ラファエレの妹からもらった服によって美に磨きがかけられていただけなのだ。彼はようやくそのことに気づき始めた。もしそれが事実なら、ヴィヴィのすべてを見誤っていたことになる。度しがたい失態だ。

「わたしはまだあなたが嫌いなのよ」現代的

で豪華な寝室の床にはだしで下ろされたとき、ヴィヴィは意地悪く告げた。

「それは甘受する」ラファエレは答えた。彼女を誤解していたのだから嫌われて当然だし、言い争うのは気が進まない。売春婦呼ばわりはしていないにしろ、彼女を弁護することもしなかった。アリアンナの不行状はヴィヴィのせいだと思っていたうえ、絶対に妹を売春絡みのスキャンダルから守ると決意していたからだ。

ラファエレがドアを閉め、彼女を残して去ると、ヴィヴィはほっと息をついた。二人のあいだに起きたことは受け入れるしかない、と彼女は懸命に自分に言い聞かせていた。わたしはラファエレ・ディ・マンチーニと関係を持った。毛嫌いしている男性と。

それのどこに整合性があるの？

だけど、あのときは二人とも正気じゃなかった。わたしは愚か者だった。彼も愚か者だった。そしてラファエレはその事実を認めてわたしを驚かせた……。

ヴィヴィは服を脱ぎ、バスルームに入ったが、最新式のシャワーが四方八方から湯をほとばしらせた瞬間、慌ててあとずさった。単に体を洗うだけではなくクレンジング・スパ体験ができるとしても、髪を濡らしたくなかったし、面倒な制御装置をいじる気にもなれなかったからだ。

代わりにヴィヴィは浴槽に入り、腰を下ろした。そのとたん、脚のあいだのかすかな痛みにたじろいだ。そう、わたしは初めてセックスをした。今思えば、彼にバージンだと打ち明けて情熱を抑制してもらったほうが賢明だったのかもしれない。

ヴィヴィは冷たい手をほてった頬に押し当てて、誘惑に屈した自分に今さらながら驚いた。でも、二人のあいだには性的な吸引力があるという彼の指摘は正しい。ラファエレが目覚めさせたわたしの欲望はあまりに強く原始的で、屈せずにいるのは不可能だった。ラファエレに触れられた瞬間、我を忘れ、彼が火をつけた欲望に降伏したのだ……。

ヴィヴィは洗った体をタオルで拭き、ぼんやりした明かりの中に浮かび上がる、無人の広大な寝室を見つめた。

ボーイフレンドがいながら、ほかの男性と関係を持ってしまった。ヴィヴィは罪悪感に苛《さいな》まれた。ジュードとのあいだにあった性的な吸引力は冷めた紅茶のように生ぬるかったけれど、たいした問題ではない。重要なのは誠実さであり、その誠実さを重んじるわたしが不実を働いたことだ。ジュードとはもう終わりにしなくては。正直に伝えるのがいちばんだろう。

不意にヴィヴィは激しい疲労を感じた。先ほど飲んだシャンパンのせいも多分にあるかもしれないが、それ以上に、矛盾する思考が彼女を苦しめていた。ヴィヴィはベッドに入り、今決めなければならないことは何もないと遠のく意識の中で自分に言い聞かせながら、眠りに落ちていった。

ラファエレは自室に戻り、ベッドに横たわっているヴィヴィを見た。豊かな髪は白い枕に広がり、官能的なピンクの唇は彼とのキスで腫れている。そして優美な顔には安らぎがある。彼はうっとりと見とれた。まったく《マレディッツィオーネ》……彼女は美しい。その事実に打ち負かされるのを、なぜぼくは自分に許したんだ？　今夜の会食に際しては、ぼくは明確な目的を持っていた。全力を挙げてヴィヴィを説得し、結婚を承知させることだ。なのに、その目的に向かって進む過程で何が起きた？　しかも、なぜ客用の寝室ではなく、ぼくの寝室に彼女を連れてきたのだろう？　いったい、いつからぼくは女性の前で自制心を失う男に成り下がったんだ？　いつからそんな危険を冒す男に？

あれこれ考えるうち、ラファエレは珍しく失態を演じたやるせなさと自己嫌悪に襲われた。ぼくは妹を守ることに集中せず、ヴィヴィと体を重ねた。なお悪いことに、ただでさえ厄介なヴィヴィとの取り引きが、二人が親密な間柄になったことでますます複雑になってしまった。

早朝、電話が鳴ったとき、ラファエレはすでに目覚めていた。客用のベッドにブラインドの端から朝日が差しこんでいる。たぶん緊急の用件に違いないと思った。彼のプライベートな番号に電話をかけてくる者はごく少数だからだ。彼はすぐに応答した。

「マンチーニだ」

「スタムボウラス・フォタキスだ」威圧感のある老人の声が聞こえた。「電話をかけたのは、結婚式が三週間後の二十五日に行われることを知らせるためだ」

たちまちラファエレは眉根を寄せた。「ですが——」

「反論は許さん！」スタムは電話越しに怒鳴った。「わたしの孫娘はきみと一夜をともにした。結婚の日取りは決定事項だ。前に警告したはずだ。きみが承諾しなければ、きみの妹のファイルを今週末、マスコミに向けて公表する！」

数分後、その隣の寝室では、ヴィヴィが同様に現実の厳しさを思い知らされていた。

「おじいさん？」彼女は夢うつつの眠たげな声で応じた。「こんな早朝にどうしたの？」

「おまえはマンチーニと一晩一緒に過ごした。今月の二十五日にあの男と結婚するんだ。その点に関してはいかなる反論も許さない。わかったか？」

ヴィヴィは顔を真っ赤にし、反射的に起き

上がった。「わたしがどこに泊まったか、どうして知っているの？」

「おまえにはボディガードをつけている」スタムはけんもほろろに告げた。「この件でこれ以上の議論は無駄だ」

ヴィヴィはこれほどの速さで服を着たことも、これほどの嫌悪感で服を着たことも、いまだかつてなかった。しかし、どれほどいやでも、その服を着るしかない。昨夜はすばらしい妙案に思えた露出度の高い服は、今や彼女を困惑させるばかりだった。ラファエレはこのミニスカートやトップスを挑発と受け取ったの？

でも、大事なのはそのことではない。わたしは自制心を失った。自分を止められなかった。理性にあらがってとんでもない過ちを犯した。アルコールを責めることはできない。ラファエレを責めることも。彼に限らず男性というものは、女性とベッドをともにするチャンスがあればけっして逃さないようにプログラムされているに違いないから。そうよ、これは自業自得。この家を抜け出し、いまいましいハイヒールで帰路に就かなければならないのは、今のわたしにふさわしい罰かもしれない。けれど最悪の罰は、ラファエレと一夜を過ごしたことを祖父に知られた屈辱だ。

ヴィヴィが足音を忍ばせて階段を下りる途中、ドアが開いてラファエレが出し抜けに現れた。たちまち彼女は頬を紅潮させ、険しい顔で唇を引き結んだ。一瞥《いちべつ》しただけで、ダークグレーのスーツを着た彼がとびきりハンサムに見えることに気づいた。オーダーメイドに違いないスーツは彼のがっしりした体と優雅な身ごなしを引きたてている。自信をみなぎらせたラファエレを前にすると、彼女はみすぼらしくおどおどした自分にいらだちを覚えた。

「もしかしてきみもモーニングコールで起こされたのか?」ラファエレは穏やかに尋ねた。

「わたし、急いでいるの。あなたの話し相手をしている暇はないわ」

「今日は土曜日だ。きみが急ぐ理由がわからないな。一緒に朝食をとろう」彼は率先するようにダイニングルームに入っていった。

ヴィヴィはドア口で立ち止まった。「ええと……ありがとう。でも、それっていい考えじゃないわ。コートさえ持ってきてもらえたら……」

「朝食のあと、家まで送るよ」

彼のあの癖が戻ってきたと思い、ヴィヴィは髪をかきむしって叫びたい衝動に駆られた。ラファエレは自分が聞きたくないことは聞かない。聞き流し、自分の要求を繰り返すのだ。

「ありがとう。でも、わたしはお断りしたのよ」彼女は感情を抑えて言った。

ラファエレは彼女のために決然とダイニン

グテーブルの椅子を引き、期待のまなざしを向けた。「冷静になるんだ、いとしい人《カーラ》」

ヴィヴィは不意に、いたずらをして逃げ出したところを見つかった子供のような気分になり、屈辱を覚えた。顔をこわばらせ、ぎこちないしぐさで席につく。「これ以上あなたと話すことは何もないわ」

「ぼくのほうは話すことがたくさんある」

彼がなめらかな口調で切り返したとき、執事が傍らにやってきて、紅茶とコーヒーとココアのどれがいいかとヴィヴィに尋ねた。

ヴィヴィは自分を元気づける甘いものが欲しくてココアを頼んだ。

「きみのおじいさんの話では、ぼくたちの結婚式は二十五日に行われるそうだ」

「わたしは祖父の命令に従わない。それがわたしの望みと異なるときは」ヴィヴィはトーストにバターを塗りながら断固として言った。従わない場合は里親に迷惑をかけるかもしれないが、そのことは考えまいとした。

ウィニーは苦渋の決断でイロスと結婚した。自分を犠牲にして。なのに、なぜわたしはウィニーを見習い、みなの平安のために自分の役割を果たそうとしないの? たぶんそれはわたしが子供のとき、あまりに頻繁に選択の自由を奪われたからだ。だから今、意に反したことを強要されると、全身全霊で闘いたくなる。

「ぼくがハケット・テクノロジー社の余剰人員の整理に着手すると言っても？　実際問題として、整理は必要だ。明らかに人員過剰だからな」ラファエレは冷ややかに告げた。

「脅すの？」

「そうだ」ラファエレはイタリアなまりのある物憂げな声で認めた。長いまつげの下で黒い目が光る。

ヴィヴィはジョンとリズのことを考えた。二人が問題を抱えた思春期の子供たちの面倒を見続け、大人になる手助けをしていくには、安心して暮らせる家が必要だ。わたしは二人に恩義がある。怒りや怯えや不信感しか抱けず、この世への恐怖が募るばかりだったわたしに、二人は癒やしの場を与えてくれた。

それに、職場の同僚たちはどうなるの？　みんな住宅ローンか家賃を払わなければならず、そのうえ車や家財のローンも抱えている。レジャーや子育てにもお金がかかる。安定した職を突然失ったら大打撃をこうむるし、ストレスで夫婦関係も破綻するかもしれない。

ラファエレはわたしの手に巨大な権限を委ねた。なんて憎らしい。彼は同僚たちの解雇をちらつかせ、祖父の決めた結婚を拒む力をわたしから奪おうとしているのだ。

「つまり、わたしがイエスと言ったら……何も起きないの？」ヴィヴィは気迫のこもった声で問いただした。「一人も解雇しない？」

「当面は現状を維持する」

「いいえ、永久に維持して」ヴィヴィは決然と要求した。このままいけば拒み続けてきた偽りの結婚に同意することになるだろうが、まだそこまでは考えたくない。

「終身雇用は約束できない」ラファエレは動じなかった。「肝心なのは業績だ」

「わたしのためじゃない。みんなのためなのよ！」ヴィヴィは叫んだ。

「あと一年は誰も解雇せずともなんとかなるだろう」ラファエレは代案を示した。

「三年！」

ヴィヴィの粘りに、彼は顔をしかめた。

「長すぎる。そのころハケット・テクノロジー社は倒産しているだろう」

ラファエレの警告にヴィヴィは仰天した。会社の状況がそれほど厳しいとは。

「せめて一年半……それだけの時間があればみんな心の準備ができる」ヴィヴィは必死に訴えた。

ラファエレは椅子の背にもたれ、黒い目をきらめかせた。「わかった。情報の全面開示後、一年半待つ。そしてぼくたちは二十五日に結婚する」

「偽りの結婚を」ヴィヴィは皮肉まじりに念を押した。

「きみが妊娠していなければね。妊娠していた場合、すべてが白紙に戻る」ラファエレはそっけなく指摘した。「ゲームのルールが変わるのに等しいからな」

「悪夢だわ」ヴィヴィは悲嘆に暮れ、かすかに身震いした。妊娠して母になると考えただけで動揺した。「でも、杞憂《きゆう》よ。そうでしょう？」

ラファエレは彼の一部である優雅さで肩を上げ下げした。「ぼくには判断できない。今までに経験がないからな。最短で何日後にわかるんだ？」

ヴィヴィは顔を赤らめ、ラファエレの強烈な視線を感じながら、指を折って計算を始めた。数学は昔からあまり得意ではない。「十日くらいかしら」

「一緒に病院に行こう。ぼくが手配する。そのほうがぼくたちの立場が明確になる」

「いいえ、その必要はないわ。家でも試せる検査キットがあるから」

「正確な結果を得るには診察を受けるのがいちばんだ」ラファエレは強い口調で却下した。

ヴィヴィは怒りを抑えようとしてあまりに深く息を吸いすぎ、風船のように飛べるのではないかと自嘲した。乾いた口の中でトーストがおがくずに変わる。これほどわたしを怒らせる男性とどうしたら仲よくやっていけるというの？　頭ごなしに命令されるたび、ラファエレに平手打ちをしたくなる。ほかの人たちはいつも彼の命令を謹んで聞き入れるのかしら？　彼が身にまとっている尊大という鎧《よろい》にこぶしで穴をあけた強者《つわもの》は一人もいないの？　彼はつねに自分が正しいと信じている。どうして？

とはいえ、最終的には結婚に同意せざるをえないのだから、それ以外のことを気にしても無意味だ。わたしの良心はラファエレの条件を受け入れるだろう。ほんのわずかの恥も、ひとかけらの同情もなく、彼はわたしを脅迫した。そして、同僚たちを当面は失業の危機から救う力を、ラファエレはわたしに与えた。なのに、彼との結婚を拒絶してその力を放棄するなんてできるはずがない。我が身かわいさのために同僚たちを見捨てるほど、わたしは薄情ではない。

一つ気がかりなのは、もしわたしが承諾したら、プールに石を投げ入れたようにその波紋が広がることだ。ゾーイはその余波に巻きこまれ、三人目の――最後の花嫁にならなければならないという重圧を受けるに違いない。姉に続くわたしの結婚で祖父がある程度満足してくれるといいのだけれど……。ヴィヴィは先ほどの電話を思い出し、心もとなげにそう思った。不安げな彼女の顔が紅潮し、こわばった頬から青白さを追い払う。結局、祖父の思惑どおりになった。祖父もわたしの計算違いに気づいているはずだ。

計算違いですって？　ヴィヴィはそんな言

葉を使った自分をあざ笑った。わたしの行動には何一つ計算などなかった。実際には、理性と自制心を情熱に吹き飛ばされたのだ。予想をはるかに超えた激しい情熱に。今にして思えばわたしが恐れを抱くほどの情熱に。

ヴィヴィはすべてをシャンパンのせいにして自己弁護を試みようとしたものの、すぐに断念した。お酒の飲みすぎを正当な理由にできるほど大量には飲んでいない。それくらいはわかっていた。

ラファエレは鷹《たか》のような鋭い目でヴィヴィを凝視していた。彼女の回転の速い頭の中をどんな考えが駆け巡っているのか知りたくて、優美な顔によぎるどんな表情も見逃すまいと努めた。彼は同時に、妹の幸福を破壊しようとするヴィヴィの祖父の脅しをなんとか回避できそうだというのに、なぜ勝利の喜びが湧いてこないのか不思議に思った。喜びどころか激しい怒りを感じていた。この結婚を画策したスタムボウラス・フォタキスに激怒していたが、それ以上に、彼を唾棄すべき男に仕立てたヴィヴィに激しい怒りを感じていた。

もしヴィヴィがぼくの子供を身ごもっていたらどうする？　ラファエレはゆっくりと息を吐き、その可能性を否定した。確率はさほど高くないはずだ。彼は赤ん坊の姿を思い描こうとしたが、脳裏に浮かぶのは、彼の一族が代々通う教会で行われた洗礼式で泣き叫ぶアリアンナの姿だけだった。先祖伝来のレースにくるまれたアリアンナを抱く厚顔無恥な義母の横で、彼の父は薬物依存症の妻を持つことがごく普通であるかのようにふるまおうと努力していた。当時ラファエレは八歳で、赤ん坊と関わりがあったのはそのころだけだ。

　自分の行動にもっと責任を持つべきだったとラファエレは悔やんだ。ヴィヴィへの欲望に我を失ったのは耐えがたいほど軽率だった。彼は気のめいる思考にはまり、最悪の事態を想定している自分を叱った。仕事の面ではつねに幸運に恵まれてきた。たぶん私生活でも幸運に恵まれるはずだ。そうだろう？

5

「彼女がいないだと？」

　目の前に立つ小さな人形のような女性が怯《おび》えた顔で凍りつくのを見て、ラファエレは自らの詰問調を嫌悪した。

「姉から聞いていないの？」ゾーイ・マルダスは困惑を隠しきれずに尋ねた。

　ラファエレは面倒を避けたくて、結婚の同意を取りつけた日からヴィヴィと話していないことをゾーイには言わなかった。ヴィヴィはラファエレの電話番号を着信拒否にしているに違いなく、こうして彼女の家を訪ねるしかなくなったのだ。親戚全員を巻きこんでの大芝居になる二人の結婚式の準備を、彼女に何も知らせず進めることは不可能だからだ。

「彼女の居場所を知っているのか?」ラファエレは気弱そうに見えるヴィヴィの妹をなおも追及した。「ぼくがそこに出向いて彼女と話をする」

ゾーイは顔を赤らめ、熱い石炭にのせられた猫のように右足を左足の上に置いた。「それはやめたほうがいいと思う」

ラファエレは目を険しく細めた。「なぜそう思う?」

「ボーイフレンドと一緒だから」ゾーイは震える声でささやき、その告白を聞いた彼が野獣に変身するとでも思っているかのように、恐ろしげに彼を見つめた。

「ボーイフレンド……」ラファエレはまったくの無表情で繰り返し、声にも顔にもショックを出さないよう努めた。「だったら待たせてもらう」断固とした口調で宣言する。

「えっ……あの……姉は驚くんじゃないかしら」ゾーイはぎこちなくつぶやいた。

だからこそ待つのだ。ラファエレはゾーイに案内された応接間に入ると、彼女を安心させようとほほ笑んだ。「ぼくがここにいることは忘れてくれ」

「コーヒーでも……お持ちしましょうか?」

ゾーイがおずおずと尋ねた。ラファエレに消えてほしいと思っているに違いないが、臆病なので口にする勇気がないのだろう。

「いや、結構だ。おかまいなく」ラファエレはきっぱりと断り、窓辺に立って下の通りを見下ろすふりをした。あの気性の激しいヴィヴィにこれほど内気な妹がいるとは信じられない。この娘のような女性が相手なら、ぼくの挑戦もずいぶん楽だったのではないだろうか?

しかし奇妙なことに、自分がヴィヴィの勇敢さや心意気を尊敬していることに気づき、ラファエレは驚いた。彼女はなかなか歯ごたえのある相手だ。だが、ボーイフレンドのことは一言も口にしなかったうえ、結婚式を二週間後に控えた今もまだボーイフレンドに会っているらしい。ぼくはどう感じるべきなのだろう?

ほんの一週間前まで彼女はバージンで、誰とも関係を持っていなかった。それでも彼女はぼくに純潔を与え、それがすべてを変えた。あの情事のあと、彼女は学んだことを試す気になり、ボーイフレンドとも親密になったのか? ヴィヴィがその男の存在を黙っていた理由がほかにあるだろうか?

もし彼女がボーイフレンドとも関係を持ったとしたら、ぼくはどうすればいい? ヴィヴィがほかの男に抱かれているところを想像するなり、ラファエレは怒りに駆られた。彼女の最初の相手はぼくだという自負がこみ上げ、奇妙な所有欲が彼の胸を焦がした。女性に独占欲を抱いたのは生まれて初めてだった。その事実に気づいてラファエレは歯噛《はが》みした。自分はけっしてそんな男ではないと自負していたからだ。

セックスはラファエレにとって簡単に手に入り簡単に手放せるもので、いつも未練など感じることなく次の女性へと移った。束縛を嫌い、ベッドをともにしても束縛や期待を許さなかった。だがヴィヴィとの一夜以来、ぼくはほかの女性に触れていない。今後もしばらくは触れないだろう。いかに気に入らなくても二人はまだ別れておらず、その状況でほかの誰かと関係を持つのは間違いだから。しかし、どうやらヴィヴィはぼくとは異なる道徳観念の持ち主らしい。

彼女の不誠実な行動を知って、ラファエレは激怒した。しかもヴィヴィはぼくとの連絡をいっさい絶っている。強引に会いに来てみれば、別の男のところに……。彼女はその男のことを隠していた。もちろんぼくは端から彼女を信用していなかった。信用できるはずがない。

ラファエレはしだいに暗い怒りを抑えられなくなった。

ヴィヴィはジュードと骨の折れる時間を過ごしている最中、ゾーイから警告のメールを受け取った。ジュードは海外で開かれた武道の大会でメダルを獲得し、一週間ぶりに帰国したばかりで、お祝いに一杯やりたいという雰囲気を発散していた。ヴィヴィはできる限り正直に話すのが最善だと思い、彼が海外に行っているあいだに別の男性と知り合ったことを打ち明けた。

ジュードは充分に理解してくれたように見えたが、自分たちはまだ友人でいられると主張し、夕刻のデートを打ちきろうとする彼女のあらゆる試みを阻んだ。ヴィヴィは罪悪感から彼に対して強くは出られなかったが、帰宅したら今度はラファエレに対処しなければならないと知って冷や汗が出た。

朝食の席でやむをえず結婚を承諾したあの日から、ヴィヴィはラファエレと祖父の両方を避けてきた。それでも祖父の費用で、途方もなく高価なウエディングドレスと必要なアクセサリー一式を購入した。結婚式で自分の役は演じるつもりでいるが、ただそれだけのことだ。自分に選択権がない以上、ラファエレや結婚式のことで悩むのはばかばかしい。ウィニーも同意見だった。ウィニーは結婚の必要性をどれほど考えても無駄だと言う一方で、ラファエレの脅迫は常軌を逸しているとも言った。

ようやくジュードから逃れて帰宅したヴィヴィは、この結婚によってラファエレはさぞかし莫大《ばくだい》な利益を得るのだろうと侮蔑を込めて考えながら、応接間に足を踏み入れた。

そのとたん、窓辺に立っていたラファエレに鋭い目で見据えられ、首筋に鳥肌が立った。夕方になってひげが少し濃くなっていたが、それはむしろ彼の美しい口の形を際立たせた。その口が自分を熱く燃え上がらせたことを思い出し、胸の谷間にじっとりと汗がにじんだ。

「どこに行っていた？」ラファエレは簡潔に尋ね、ジーンズに包まれた彼女のすらりとした長い脚とカジュアルなトップス、そしてニーハイブーツを眺めた。

「あなたに話す義務はないわ」ヴィヴィは高らかに宣言し、つんと顎を上げた。「結婚には同意したけれど、わたしの行動を逐一知らせることには同意していないもの」

ラファエレは肩をいからせ、黒い頭を尊大にもたげた。漆黒の眉が彫りの深い顔をより険しく見せている。「きみはボーイフレンドがいることをぼくに隠していた！」

ゾーイがジュードのことを話したに違いない。ヴィヴィは呆然《ぼうぜん》とし、そのこともメールに書き加えてほしかったと思った。それでも狼狽《ろうばい》を押し隠し、かぶりを振った。赤い巻き毛が頬と肩のまわりで揺れる。

「それがあなたになんの関係があるの？」ヴィヴィはぶっきらぼうに尋ねた。

「ぼくたちは二週間後に結婚する」

「でも、あくまでも形だけの結婚よ。そのあいだに何をしようがわたしの自由でしょう」

「ただし、ぼくの子供を妊娠している可能性がないのであれば」ラファエレは怒りの形相で応酬した。「きみはその可能性を考慮し、ほかの男からは距離をおくべきだ！」

ヴィヴィの青い目が怒りの炎を放った。ラファエレが彼女に対して何か権利を持っていると思っているのが信じられなかった。しかし怒りを覚えながらも、彼の美しい姿をうっとりと見ていたいという圧倒的な衝動に駆られた。二つの相反する感情がなおさら彼女の怒りを増幅させ、毒舌が止まらなかった。

「どんな事柄もわたしがほかの男性から距離をおく理由にはならないわ。ありえない妊娠の可能性はとりわけ！」ヴィヴィは憤然として言った。「わたしはあなたのものじゃないのよ、ラファエレ。所有欲をむき出しにしてふるまうのはやめて！」

「ぼくはそんなふうにふるまっていない」ラファエレはすごみのある声で言い、ハンサムな顔をこわばらせた。「ただ、今のきみはほかの男と一緒に過ごす立場にはない」

「どうして？」ヴィヴィは冷ややかに尋ねた。

どうやら彼は怒っているらしい。二人を包

む空気が張りつめているのはそのせいだろう。彼の目は金属のように光り、研ぎ澄まされた体は硬直している。けれどなぜか、ヴィヴィはラファエレにもっと近づき、形のいい口のこわばりを指でほぐして、彼のぬくもりと肌のにおいを感じたいと思った。

どうしていまだにそんなものを求めてしまうの？　ヴィヴィは腹立たしげに自問した。二人のあいだであんなことが起きたというのに、なぜいまだにラファエレはわたしの官能を揺さぶるの？　唯一の防御策は彼とのあいだに安全な距離をおくことだ。たとえそれで彼が怒ったとしてもしかたがない。

「本当に詳しく説明する必要があるのか？」

「当然でしょう、わたしが理解できない以上は」ヴィヴィは震える声で言い返した。「この愚かしい結婚の前だろうがあとだろうが、わたしの行動があなたに関係するという理由がわからない。わたしとあなたが恋愛関係にあるならともかく」

「いいかげんにしてくれ《ケ・ディアーヴォロ》」ラファエレは荒ぶる感情を抑えて言い、噴火寸前の火山のような雰囲気をまとって狭い応接間を突っ切った。「もし妊娠が判明した場合、きみがあの夜以来、誰とも関係を持たなかったことをどうやって証明するんだ？」

その言葉は矢のようにヴィヴィの胸を射抜き、憎悪と激怒が高波のように彼女をのみこんだ。ラファエレはわたしのことをそんなふしだらな女だと思っているの？　彼と夜を過ごしたあと、さして間もおかずに別の男性とベッドをともにする女だと？　そんなに油断ならない貞操観念ゼロの女だと？

信じられないほどの侮辱に、ヴィヴィは部屋を出て玄関に向かった。

「何をしている？」ラファエレが尋ねる。

ヴィヴィは怒りのあまり蒼白《そうはく》になってドアを開け、彼を見た。「あなたが出ていくのを待っているの」

「ぼくは出ていかない」

「あなたが出ていかないのなら、警察を呼んで追い出してもらうわ」ヴィヴィは果敢に警告した。「あなたは高慢で無神経な憎らしい人よ。今後いっさいあなたと同じ空気は吸いたくない。さっさと出ていって！」

「ぼくは事実を言っているだけだ。どんな男でもぼくと同じように考えるだろう」ラファエレは簡潔に反論し、自己弁護を試みた。

「出ていって！」ヴィヴィは金切り声で繰り返した。「よくもわたしを侮辱したわね。わたしがあなたと過ちを犯したすぐあとで別の男性とも過ちを犯すというの？　よくもそんなことが言えるわね。自分を何様だと思っているの？　今もまだわたしがあなたと結婚すると思っているのなら、大間違いよ！」

「ヴィヴィ」ラファエレは毅然《きぜん》として語りか

け、彼女を落ち着かせようと試みた。けれど、ヴィヴィの紅潮した顔は険しく、目には怒りの炎が燃えていた。

「帰って！」ヴィヴィは怒鳴った。

ラファエレは大きな不満と怒りを抱え、顔を上気させてヴィヴィの家を出た。彼女のボーイフレンドが誰なのか、いつからつき合っているのか、今日の夕方どこで会っていたのか、知りたくてたまらなかったが、どういうわけか何一つ尋ねることができなかった。

なぜだ？ ヴィヴィとほかの男との仲を疑って頭に血がのぼり、冷静さを欠いてしまった。妊娠の可能性はさておき、ヴィヴィがほかの男とも性的関係を持っているかもしれないと知って、なぜぼくはこれほど怒っているんだ？

嫉妬ではない。ありえない。ぼくはこれまで嫉妬とは無縁の人生を送り、その不愉快な感情を経験したことは一度もない。自分の感情をつねに制御し、悲観的な見方をはねつけてきた。だが、ぼくが重んじてきた超然とした態度を失い、ヴィヴィの感情を害して結婚を撤回させてしまったことは事実だ。もちろん彼女は本気ではないだろう。本気であるはずがない。いくら怒ったとしても、懸念を置き去りにして退路を断つことができる者はいない。たとえヴィヴィがどれほど愚かであろうとも……。

翌朝、ヴィヴィが旅行鞄《かばん》に荷物を詰めていると、ゾーイがドア口に現れた。そして、目を見開いて言った。

「昨夜、ラファエレと喧嘩《けんか》したあげく、彼とは結婚しないと言い張ったのね？」

「でも、彼は耳を貸さなかった！」ヴィヴィは悔しげに叫んだ。「ラファエレは聞きたくないことは聞かない人なの。まあ、わたしが本気だということはすぐわかるはずよ」

「どこに行くつもり？」

「数日ジョンとリズのところに泊まるわ。休息が必要だし、会社は休めるから」ヴィヴィは言い、遅ればせながら心配そうに妹を見やった。「しばらくここに一人で大丈夫？」

「もちろんよ」ゾーイはヴィヴィが握りしめたトップスをそっと取り上げ、きれいにたたんで、冷静さを欠いている姉に代わって鞄に押しこんだ。「もし彼と結婚しなかったら、ジョンとリズはどうなるの？」

ヴィヴィははっとし、いつもながら妹は急所を突く質問をしてくると思い、自分の行動がもたらす影響について考えた。「さあ。でも、わたしがなんとかするわ」彼女は自分に誓った。

ラファエレは自分の強靱《きょうじん》な神経に誇りを持っていた。だが、ヴィヴィが長期休暇を取り、結婚式まで四十八時間を切った今も行方がわからないとあっては、もう一度ゾーイを訪ねてヴィヴィの居場所を聞き出すしかなかった。

「わたしたちの里親の家よ」ゾーイは彼に告げた。「てっきりあなたも知っていると思っていたのに」

ラファエレは住所を聞くなりヘリコプターを手配した。自分でもヴィヴィに何を言うつもりなのかわからない。アリアンナのファイルのことを正直に話してしまおうかという思いが頭をかすめたが、そうしたら何が起きるのか予想もつかなかった。

ヴィヴィは元友人の幸福を脅かす問題を気にかけるだろうか？　ヴィヴィと彼女の祖父のあいだに新たな問題が生じるのか？　何か問題が生じた場合、あの老人がおとなしく引き下がるとは思えない。それはぼくとアリアンナにどう跳ね返ってくるんだ？

ラファエレはどの問いにも答えを出せず、里親の家に着いたあとで、知りえた事実をもとに戦略を練ろうと決めた。

ヴィヴィにとっては大変な朝になった。彼女は里親の家で十日間を過ごし、古い農場で懐かしい大騒ぎを追体験していた。そこではいまだに毎朝、唯一のバスルームの前に行列ができ、ドアがやかましくノックされ、叫び声が飛び交い、些細《ささい》な口論が始まり、階段にけたたましい足音が響く。

ジョンが車に子供たちを満載して学校に出発したあと、ようやくヴィヴィは寝泊まりしている屋根裏部屋から出た。バスルームに入ったとき、階下でリズが忙しくキッチンのあと片づけをする音が聞こえた。ヴィヴィは尋常でないほど胸をどきどきさせながら、昨日買ってきた妊娠検査キットの箱を開けた。

生理は遅れていた。いつもは時計のように正確なのに。しかも、生理が近づいている合図だと思っていた兆候だけが日増しに強くなっている。ヴィヴィは生理が来るのを待ち、願い、祈ったが、胸の張りや吐き気をはじめ、彼女を不安にさせる奇妙な兆候は続いた。


ありえない。絶対にありえない。ヴィヴィは心でそう念じながら、震える手で検査キットを使い、座って結果を待った。大嫌いなラファエレ・ディ・マンチーニの子を身ごもっているなんてありえない。そうでしょう？ 運命はそこまで残酷じゃないはず。ヴィヴィは両手を組み合わせ、ぎゅっと握った。

確かに、わたしは避妊せずに彼とセックスをした。無分別な成り行き任せの行為をしたのだから、どんな報いも受けて当然だ。わたしは愚かではないし、ほかの若い女性と同じようにそのリスクも知っている。けれどあいにく、あのときは分別の出番はなかった。情熱はわたしの予想以上に危険なもので、とりわけ抑制できない情熱は、ときに人生を変える結果をもたらす。今のヴィヴィは身をもってそのことを理解していた。

頭上でヘリコプターのいらだたしい回転翼の音が聞こえ、ヴィヴィはたじろいだ。不安で眠れない夜を過ごしたことも相まって頭痛がする。皮肉なことに、安らぎを求めてかつての自分の家に逃げこんだのに、どこへ行こうと安らぎは得られないと思い知らされた。怒りに任せてラファエレとの結婚を断っても、その悪影響からは逃れられないからだ。ジョンとリズがこの家を失えば、二人に依存している子供たちの生活は激変するだろう。

そしてわたしはその過酷さを、頻繁に里親が変わるつらさを、誰よりもよく知っている。苦悶《くもん》のさなかでヴィヴィはそう思った。そのうえ、ハケット・テクノロジー社では多くの同僚が職を失い、生活の危機に瀕《ひん》するに違いない。祖父はけっしてわたしの反抗を許さないだろうから、良心的な態度や愛情は期待できない。

ヴィヴィはそうしたことを総合的に考えた結果、この状況でラファエレとの結婚を拒むのは身勝手な人でなしだけだという結論に達した。短気を起こしたあげくに窮地に追いこまれ、自己嫌悪に陥った。

ヴィヴィは絶望の境地からはっと我に返り、遅ればせながら検査キットのことを思い出して、結果に立ち向かう前に腕時計を見た。そして数秒後、激しいめまいに襲われた。陽性の結果を前に口の中はからからに乾き、ヴィヴィはよろめいて浴槽の傍らにへたりこんだ。脚に力が入らず、これ以上体を支えていられなかった。

ヴィヴィはパニックに陥った。赤ん坊……わたしの中に赤ん坊がいる。エイリアンのイメージが湧き、わずかに残っていた彼女の冷静さを打ち砕いた。ヴィヴィはいったんきつく目を閉じてから検査キットを見直したが、結果が変わるはずもなかった。

こわばった顔が少しだけほころんだのは、幼い甥《おい》のテディの顔が脳裏をよぎったときだった。彼女は甥を熱愛していた。もしテディか彼の女の子版が生まれたら、わたしはその赤ん坊を愛し、守り、育てていけるだろう。たとえこの先にどんな困難が待ち構えていようと、わたしは広い心とあふれんばかりの愛を持っている。けれど、この世にはもっと合理的な選択肢もある。それも検討してみるべきでは？

いいえ、絶対にだめ。中絶なんてできない。それを選択したら、わたしは死ぬまで苦しむだろう。もしウィニーが同じ道を選んだら、テディはこの世に存在せず、幼い甥を知る機会がなかったかもしれない——そう考えただけで、ヴィヴィはぞっとした。

わたしは絶対に赤ん坊を産む。たとえどんな結果になろうとも。わたしのだらしのない行動に里親が失望し、祖父が怒り狂い、姉や妹が嘆き悲しんでも。

「ヴィヴィ!」リズが一階から叫んだ。

がらりと変わる未来について放心状態で考えながら、どれくらいそこに座っていたのだろう? ヴィヴィはよろよろと立ち上がって検査キットを処分し、それから階段を下りてキッチンに入った。その瞬間、凍りついた。

コーヒーカップがのったテーブルの前にラファエレが座っていたのだ。

「ヴィヴィ、お客様よ」リズ・ブルックは笑顔で彼女を迎えた。「こういうことなら、わたしたちに話してくれればよかったのに」

「こういうことって?」ヴィヴィは困惑して尋ねた。

「あさって結婚する予定だったのに、あなたとラファエレが大喧嘩《おおげんか》して、婚約を解消したという話よ」リズは悲しげに言った。「あなたに元気がないのはわかっていたわ。でも、あなたのほうから悩みを打ち明けてくれるまで待とうと思っていたの」

ラファエレがリズに結婚の話をしたと知り、ヴィヴィはいっそう身を硬くした。いったい彼は何をしにここへ来たの? どうやってわたしの居場所を突き止めたの?

ヴィヴィが呆然としていることを少しも気

に留めず、ラファエレは流れるような動きで立ち上がって彼女の目を見つめた。ヴィヴィはジーンズに長袖の緑色のトップス、アンクルブーツというカジュアルな格好で、ほとんど化粧をしていない。カールした髪はアップにして小さな頭の後ろで留め、鮮やかなほつれ毛が色白のハート形の顔を縁取っている。美しい青い目には影がある。柔らかな唇はこわばり、鼻の上に散ったそばかすが白い肌にくっきりと浮いていた。

「じっくり考える時間を持てたようだな。きみがぼくと話をしてくれるのを願ってここに来た」ラファエレは穏やかに言った。

自己嫌悪と後悔の念が束になって胸に迫り、ヴィヴィはこみ上げる涙をまばたきで追い払った。自分の人生をこんなにも混乱させるなんて、いったいわたしは何をやっているのだろう。わたしを愛していないどころか、わたしのことなど少しも気にかけていない男性と関係を持ち、あげくの果てに妊娠してしまうなんて。彼女は自分の不明を恥じた。

二年前、片思いで始まった恋は彼への憎しみで終わった。ヴィヴィは自分を案じてくれる人を失うこと、あるいは拒絶されることにうまく対処できなかった。顔も思い出せないほど幼いときに両親を亡くし、無条件に自分を守ってくれる存在を失ったことはその後の人格形成に大きな影響を及ぼした。すばらしい里親の家から別の家に移されたときは、自分が何か嫌われることをしたのだろうかと思い悩み、かろうじて持っていたなけなしの自信を打ち砕かれた。

ラファエレが再びヴィヴィの人生に現れたときも、葛藤を覚えた。あのスキャンダルのあと、彼はヴィヴィに背を向け、さんざんに傷つけたからだ。恋をした男性に売春婦だと決めつけられたと知って、ヴィヴィの自尊心は崩壊した。彼と一緒に過ごしたときの自分のふるまいを幾度となく検証し、何か変なことをしたり言ったりして彼に間違った印象を与えただろうかと自問した。

「ヴィヴィ、朝食は?」リズが尋ねた。

「ありがとう。でも、いらないわ」

食べ物のことを考えただけで、吐き気を覚える。ヴィヴィはラファエレを見つめないよう気をつけた。洗練されたビジネススーツを着た彼は途方もなくハンサムで、あちこち傷んだ古いキッチンにいるより優雅なオフィスのほうがはるかに似つかわしい。ヴィヴィは胸を締めつけられて息を吸うのも苦しく、口の中は乾ききっていた。

「自分で紅茶をいれるわ」ヴィヴィは懸命に気を紛らせながら続けた。

「いいえ、わたしにやらせて」リズは却下し、すぐさまケトルを火にかけた。「あなたたちにはたくさん話すことがあるようだから」

そう、そのとおりだ。ヴィヴィはおなかの子供のことを考え、暗い気分で認めた。たとえ隠したくても、まず不可能だ。

そもそも姉のウィニーが抱える羽目になった問題はすべて、息子の父親に妊娠したことを告げなかったことから生じたものだ。姉と同じ過ちを犯してはならないとヴィヴィは決意し、ラファエレの物問いたげな視線から逃れて、リズが差し出したマグカップをぎゅっと握りしめた。

「庭に出ましょう。とても日当たりがいいのよ」ヴィヴィは緊張した面持ちでラファエレを促した。

6

「結婚のことをリズに話したのね。信じられない」ヴィヴィはまずそれをとがめ、花が咲き始めた桜の木の下に置かれた手作りの椅子に座った。かつて彼女が最も安らかな時間を過ごした場所だ。

「きみがまだ話していなかったことのほうが信じられない」ラファエレは即座に切り返した。「自分が姿をくらましたら、結婚も立ち消えになると思っていたのか？」

ヴィヴィはみじめな気分で顔を赤らめ、歯を食いしばった。わたしのとった行動は褒められたものではない。でも、どうしようもなかったのだ。祖父とラファエレの要求、自分の良心の呵責《かしやく》、そして姉妹の期待でがんじがらめになり、わたしは前後の見境もなく現実から逃げ出してしまった……。

「結婚に関するすべては今もまだ有効だ」ラファエレは静かに告げた。

「最後に会ったときにわたしにあんなことを言っておきながら、まだ前に進もうとするあなたの神経が信じられない」ヴィヴィは辛辣に言い返した。

「ビジネスライクな関係を維持せず、こうした状況を作ってしまったことには罪の意識を感じている」ラファエレはかすかに頬を上気させ、抑えた声で言った。「ぼくが一線を越えたことで、二人の関係が曖昧になった。確かにぼくはきみを侮辱するようなことを言ったが、それはきみがほかの男と一緒に過ごしたことに腹を立てたからだ」

「あの日、わたしは関係を解消するために、ジュードと会ったのよ」ヴィヴィはげんなりして答え、ラファエレの浅黒く端整な顔を見つめた。「ほかの男性と知り合ったことを伝えたの。いくらジュードが寛大だといっても、とても気まずい二時間になったわ」

ラファエレは座っている彼女を見下ろした。

タイトジーンズに包まれた細い腿を、伸縮性のあるトップスを押し上げる小ぶりな胸を。たちまち下腹部がこわばるのを感じ、彼は無理やり視線を上げた。だが、今度はふっくらした唇に目を奪われた。普段は想像力が欠如した脳が不意に白日夢を描き出し、たくましい体に耐えがたい欲望を送りこむ。ラファエレは身を翻し、庭と野原を分かつ低い生け垣に歩み寄った。

「ここはもう農業をやめたのか？」ラファエレはぎこちない口調で尋ねた。いったい彼女の何がぼくの論理的思考を打ち砕き、普段はまったく縁のない幻想へとかきたてるんだ？

「ええ、リズの祖父母が農業を営んだ最後の世代よ。リズが生まれる前に農地を売り払ったの。リズの夫のジョンは配管工で、ここを拠点に事業を立ち上げた。ずっと順調だったけれど、ジョンが脳卒中を起こしてすべてが崩壊した。幸い回復して再び働けるようにはなったけれど」そして、健康不安やその後の収入の減少から里親の抱えるすべての問題が始まったのだ、とヴィヴィは思った。その結果、夫妻が家を担保にして借りた住宅ローンの返済は滞った。

ヴィヴィはため息をついて眉間にしわを寄せ、握りしめた自分の手をじっと見た。さあ、彼に話すのよ。内なる声が急《せ》かす。さっさと話してこの件を片づけてしまいなさい！

でも、なぜラファエレは妊娠の件を話す糸口をわたしに与えないの？　病院の予約はどうなったのだろう？　彼は妊娠の可能性を心配しているんじゃなかったの？　そんなことを心配するのは女だけ？　あるいは、その話にあえて触れないことで、軽はずみなセックスからは何も欲しくないと意思表示をしているの？　だって結局のところ、彼はその点についてすでに後悔を表明したでしょう？　あれは起こるべきではなかったと宣言しなかった？　二人はビジネスライクな関係を維持するべきだったと。ヴィヴィはぞっとした。ビジネスライク？　嘘《うそ》でしょう？

「ところで、どうやってわたしの居場所を見つけたの？」ヴィヴィは率直に尋ねた。

「ゾーイから聞いた」ラファエレはあっさり認めた。「たぶんぼくを追い払いたいがために白状したんだろう」

「まさかあの子を脅したりしなかったでしょうね？」ヴィヴィは彼をにらみつけた。

「するものか。妹さんはきみを連れ戻せるかとぼくに尋ねた。きみがいなくて寂しいと言っていたよ」

「それで、あなたはなんと答えたの？」

「努力してみる、と。ほかになんて言えばいい？」ラファエレは広い肩を優雅にすくめた。

ヴィヴィは喉をごくりと鳴らし、妊娠を告げるのにふさわしい言葉を探した。だが、そんな言葉は――彼が聞きたくないことを聞き入れさせる魔法の言葉など、存在しないように思えた。「言ったほうがいいと思うから、先に片づけるわ」堅苦しい口調で言う。「妊娠しているの」

ラファエレはさっと振り返り、目を見開いて彼女を見つめた。黒っぽい目は溶けたキャラメルのような光を放っている。彼はヴィヴィの言葉を正確に聞いたかどうか確信が持てないかのように、眉間にしわを寄せた。

「わたしは妊娠しているの」ヴィヴィは繰り返し、不意に落ちた沈黙を破った。「今日、初めて検査をしたの。確実な結果を得たかったから」

「間違いないんだな？」ラファエレのブロンズ色の肌が張りつめ、高い頬骨が際立つ。

「ええ」彼の口数の少なさに怖《お》じ気《け》づき、ヴィヴィは消え入るような声で答えた。

赤ん坊が彼女の中に？　その瞬間、ラファエレはみぞおちを殴られたように感じ、唇を引き結んだ。父親になる心の準備はまったくできていなかった。根拠もなしにそんなことは起きないと思いこんでいた。生まれたときから彼の人生を安穏にしてくれた幸運はずっと続くだろうと。だが、続かなかった。

父親になる計画を立てる前に、ヴィヴィがぼくの息子か娘を身ごもった――そう思うと、ラファエレは頭がくらくらした。親にとっては子供が永遠に生活の中心になることを、彼は誰よりも自覚していた。正直な話、ラファエレは将来我が子の母親になる女性を厳選するつもりで、頭の中に理想の女性の条件をおおまかにリストアップしていた。私生活では絶対にリスクを冒したくないからだ。そしてヴィヴィはあらゆる面でリスクそのものだった。

「どうしたの、ラファエレ？」長い沈黙に耐えかね、ヴィヴィが呼びかけた。

　彼女は危険な雰囲気を発する一方で、彼をひどく興奮させた。なんてことだ《ディオ・ミーオ》。ヴィヴィは信じられないほど美しい。ラファエレは目を輝かせて彼女を見つめ、望ましい妻と母親の特性を記したチェックリストを心の引き出しの奥深くにしまいこみ、きれいさっぱり忘れた。〝動く前に考えろ《プリマ・ディ・アジーレ・ペンサーチ》〟というのが亡き父の好きな格言だったが、ラファエレは結果を考えずにヴィヴィと関係を持ってしまった。にもかかわらず、なぜか彼女とのことはすべて魅惑的に思え、ごく自然なことのように思えた。

「少なくとも、あさってぼくたちが結婚すれば、子供はぼくの姓を持って生まれる」ラファエレは息を吸って頭を本格的に始動させ、その問題は解決済みだと判断した。

　ヴィヴィは口を開けたものの、すぐに閉じて小首をかしげた。彼女の頭の中にはさまざまな考えが飛び交っていた。「それは本当に今言わなければならないことなの?」困惑顔で尋ねる。「わたしはあなたの言葉を録音しているわけでもないし、ここは法廷でもない。自分の気持ちに正直になっていいのよ」

「正直になりすぎると、足をすくわれる。確かにショックを受けたが、ぼくはもともと非常に現実的な性格だ。子供がすべてを変えた。きみでさえ、その点は認めざるをえないだろう」

「きみでさえ? わたしのことをそんなに無責任な女だと思っているの?」

ラファエレの形のいい唇がゆがんだ。「おそらく無責任ではないだろう。とはいえ、きみは従来の慣習に逆らうのが好きだ」

ヴィヴィは反論できなかった。「そうね。わたしの子供はあなたの姓と同じくらい、わたしの姓にも誇りを感じてくれるでしょう。だから、どうしても結婚が必要だとは――」

ラファエレは流れるような動作で片手を上げ、ヴィヴィを制した。「子供の権利は法律で守られるべきだ。子供が申し分のない形で財産を相続するためには、ぼくたちが結婚する必要がある」

ヴィヴィは顔をしかめた。「それがあなたにとって大事なことなの?」

「いずれぼくたちの子供にとっても大事なことになる」

ヴィヴィは驚嘆に近い思いで彼を見つめた。ラファエレが恐ろしく真剣だったからだ。彼女が妊娠を告げるなり、ラファエレの脳はより差し迫った事柄を飛び越え、婚姻法と遺産相続に焦点を合わせたのだ。「お金がすべてじゃないわ」彼女は静かに言った。

「もちろんだ」ラファエレは答えた。「これは金だけの問題じゃない。きみも同意すると思うが、ぼくたちは前に進み、結婚しなければならない。それ以外の道を進むのはきわめて愚かだ」

彼の言葉を熟考したヴィヴィは椅子の上で落ち着きなく身じろぎをした。「あなたがそんな態度をとるなんて意外だったわ。てっきり激怒すると思っていた」

「ぼくに激怒する資格があると思うのか？　ぼくたちは一緒に同じリスクを冒した。その結果を嘆いて時間を無駄にするのは愚かだ。違うか？」

先ほどラファエレは自ら言ったが、彼の考え方は確かに現実的だ。ヴィヴィはためらいがちに言った。「わたしは中絶も考えたわ」

「きみがその道を選んでも、ぼくにはわからなかった。だがきみはそうせず、正直に打ち明けてくれた。そのことに感謝する」ラファエレは硬い声で言った。「これはぼくたちが共有しなければならない問題だ」

「ええ」ヴィヴィはうなずいた。ポニーテールの下のほっそりした首は、ラファエレが狼《ろう》狽《ばい》するほど無防備に見えた。「わたしは姉の息子のテディを愛しているから、中絶するのは気が進まなかった。我が子を養子に出せるとも思えない。でも、自分が母親になるなんて、まだ想像できないの……」

「ぼくも同じだ。父親になる実感はない。この十年、多くの面でアリアンナの父親役を担ってきたとしても」ラファエレは沈んだ口調で言った。「アリアンナの母親が亡くなったとき、ぼくは二十歳の学生で、十二歳のアリアンナは寄宿学校にいた。恥ずかしい話だが、最初ぼくは妹に対して責任を負うのを避けようとした。休暇を学校の友人と過ごさせ、妹が落ち着ける家を求めても知らん顔をした」

「どうして気が変わったの？」

ラファエレの顔がゆがんだ。「アリアンナが手紙をよこしたんだ。〝なぜわたしのことを好きじゃないの？　だって好きな人には会いたいと思うものでしょう？〟と。ぼくは自分を恥じた。ぼくはずっと、アリアンナのことを異母妹ではなく、不快な義母の子供だと思っていた。そして父が死に、義母が死んでも、同じ目で妹を見ていたんだ。肉親はぼくしかおらず、アリアンナは寄宿学校で寂しく悲しい思いをしていた。ぼくは急いで大人にならなければならなかったが、その教訓は今も胸に刻まれている。変わってほしいと願うだけでは何も変わらない。問題を抱えているなら、真正面から向き合ったほうがいい」

ヴィヴィの顔を苦笑のような表情がよぎった。「それって、わたしのこと？　わたしは〝問題〟なの？」

「そうだ。きみに初めて会い、きみを求めた瞬間から」ラファエレは率直に認めた。「きみは妹の友人だった。それだけでも、ぼくは自分を抑えるべきだった」

ヴィヴィの白い頬に赤みが差した。「わたしたち、二人とも抑制は苦手みたいね」

ラファエレは彼女を見つめた。燃え上がる欲望がたくましい体を脈打たせ、筋肉をこわばらせた。にわかに鼓動が速くなる。


二人の視線が絡み合い、ヴィヴィは全身の皮膚が湿った熱に覆われたような気がした。胸の先端が硬くなり、口の中が乾く。視線を彼から引きはがしても、心の目にはまだ彼のセクシーで美しい姿が居座り、耐えがたいほど彼女を苛《さいな》んだ。ヴィヴィはあらん限りの力でその映像を追い払った。二人には考えるべき大事な問題がある。精神的鍛錬の足りない自分が恥ずかしい。

「それなら、結婚の話を前に進めましょう。わたしは妊娠していて、あなたは法的にもそれ以外に関しても子供は嫡出子として生まれるほうが安全だと思っているようだから」ヴィヴィはいっきに言った。

「そして妊娠中はずっと、きみはぼくのサポートを受けるべきだと思っているから」

ヴィヴィは目を大きく見開き、疑念をたたえたまなざしを彼に注いだ。「ずっと？　結婚式は我慢してやり抜くつもりだけれど、その先はあなたと一緒にいたくないし、いるつもりもないわ！」

「ぼくの子を身ごもった以上、それは許されない」ラファエレはきっぱりと告げた。

「いいえ、お断りよ！」ヴィヴィは声を荒らげて言い返した。「あなたのサポートは必要ないわ」

ラファエレは眉根を寄せた。「だが、ぼくはきみのそばにいたい」

「偽善者ぶるのはやめて！」ヴィヴィは立ち上がり、彼をにらみつけた。「そう言えばわたしが喜ぶとでも思っているの？　それともあなたなしにはわたしは妊娠に対処できないとでも？　それとも、ただ単純に、急に罪悪感がふくらみ、罪滅ぼしをしたいから？　でも、わたしを妊娠させたからといって、わたしとのつながりができたわけじゃないのよ」

ラファエレは顔をしかめた。「無礼なことを言うな」

ヴィヴィは彼から顔をそむけた。悪夢さながらだ。わたしに対して義務と責任感以外の感情を何一つ持っていない男性に頼るなんてできない。それを自分に許せば、この先とんでもないことになる！　いったん油断したら、わたしは再び彼と関係を持ってしまうだろう。ヴィヴィはぞっとした。ただでさえ彼に触れずにいるのが難しいのに。これほど性的な吸引力が強いのだから、どんなことが起きてもおかしくない。

「わたしではなく、赤ん坊とのつながりはできるわ。生まれたあとは」

「きみのおなかにぼくの赤ん坊がいるあいだ、ぼくはきみたち二人に責任がある」ラファエレは冷ややかな口調で異議を唱えた。「きみの面倒は見たいが、無理やりつながりを持とうとは思わない。せめて赤ん坊が生まれるまで、ぼくと一緒に暮らしてほしい」


ヴィヴィはとっさにあとずさった。「絶対にいや！　頭がおかしいんじゃない？　結婚式は挙げるけれど、そのあとは別々の道を行く。それが最初の合意だったはずよ」

ラファエレはいらだたしげにうめき声をあげた。「あのときとは状況が違う。今はもっと大事なものが加わったんだ。ぼくたちの赤ん坊が」ヴィヴィに思い出させる。「以前と同じにはできない。優先順位を変えなければならない」

「すでに変わっているわよ！」ヴィヴィは怒りを覚えた。わたしはすでに犠牲を払っているのに、ラファエレは感謝するどころか、さらに要求してくる。平然とさらなる要求を突きつけてくる彼を遠ざけるために、ヴィヴィは必死に闘った。「結婚式は挙げるけれど、妊娠期間中ずっと自分の自由をあなたに差し出す気はないから」

「ぼくと一緒に暮らすことを頑《かたく》なに拒んでまで、きみがどうしても欲しい自由とはなんだ？」ラファエレは尋ねた。「妊娠中も飲酒やデートを続けるつもりか？　きみが失うのを恐れる自由とはそういったものなのか？」

「やめて、ラファエレ。そんなことはこれっぽっちも考えていない」ヴィヴィは憤然として言い返した。「医療指針に反することは何もしない。それに、今のわたしにとって、デートは氷のプールに飛びこむくらい魅力がないの。でもそれ以上に魅力がないのは、これほど傲慢で利己的で支配的なあなたと一緒に暮らすことよ」

ラファエレは非難されたり批判されたりすることに慣れていなかった。十代のころから自分を磨きあげて世の女性から理想の結婚相手と目されるようになったラファエレは、息を吐いてなんとか気持ちをしずめた。「具合が悪くなったらどうする？　そういうことは絶対にあるはずだ。そのときは誰を頼るつもりだ？　誰がきみの面倒を見るんだ？」

「面倒を見てもらう必要はないし、わたしは誰も頼らない！」

ラファエレは彼女の感情的な返答にも動じ

ず、平静を保った。「だが、きみは妊娠初期のつらい数カ月を乗りきらなければならない。ほかの誰かよりぼくを頼るほうがいいんじゃないか?」

その指摘にヴィヴィは青ざめた。ウィニーが妊娠初期の数カ月にどれほど苦しんだか、さらに孫娘の置かれた状況を知った祖父がどんな反応を示したか、にわかに思い出したのだ。祖父は姉がシングルマザーであることを快く思っていなかった。たとえわたしが子供の生まれる前に結婚しても、祖父は喜ばないだろう。そのうえ妊娠中に、金銭的にしろそれ以外のいかなる形にしろ、祖父に援助を求めるのは恥辱だ。プライドが許さない。ラファエレの援助を受け入れるのは不本意だけれど、彼はおなかにいる子供に対してわたしと同じだけ責任がある。祖父に頼むよりプライドは傷つかないですむだろう。

ラファエレは彼女の緊張した顔を観察し、かつてこれほどまでぼくを拒絶した人間がいただろうかと考えた。ヴィヴィは常識に目を向けようとせず、妊娠中にぼくの妻で居続ける利点を否定した。彼女はぼくに保護と援助を望むべきではないのか?　ラファエレはヴィヴィの華奢《きゃしゃ》な体から少し生気がなくなるのを見て、彼女は疲れているだけでなく、ずいぶん細く見えると思った。

そういえば、以前より痩せたような気がす

る。あまりに大きな心配事を抱え、体調を気遣う余裕がなかったのだろうか？　ヴィヴィが心配するのも当然だ。ラファエレは自責の念に駆られた。彼女の職場の余剰人員を整理すると脅したのはぼくだ。ぼくはヴィヴィに大きな圧力をかけた。彼女がぼくのことを、妊娠期間中に自分を支えてくれるパートナーとして信用できないのは、無理からぬことではないのか？

「きみはぼくを信用していない」ラファエレは険しい顔でつぶやいた。

「あら、気を悪くしないで」ヴィヴィは慌てて言った。「わたしは自分の姉妹とジョンとリズ以外の人は信用しないの。そのほうが安全だし、失望したり傷ついたりしなくてすむから」

ラファエレは握りしめた彼女のこぶしに手を伸ばし、細い指から緊張をゆっくりと取り除いていった。「ぼくはきみを失望させたり傷つけたりしない。全力を尽くしてきみの面倒を見るよ。そして赤ん坊が生まれたら、きみは自由を取り戻せる」

ヴィヴィは思わず顔を上げ、彼を見つめた。発作的に喉が引きつり、目がひりひりする。ラファエレはわたしの手を撫《な》でているけれど、彼は敵だ。わたしが感情の抑制を失えば、絶対にわたしを傷つけるだろう。なぜ彼はそれが理解できないの？

「泣きたい気分だわ」ヴィヴィは喉をつまらせて言った。「なぜだかわからない。妊娠中でホルモンのバランスが崩れているのかも」

「たぶんそうだ。きみが病院で診察してもらえば、ぼくも安心できる」

「とても疲れたわ」ヴィヴィは力なくささやいた。「立ったまま眠れそうなくらい」

「ストレスのせいだ」ラファエレは言い、ストレスを与えた張本人が彼であることを彼女が思い出さないよう願った。「きみに最適な環境を与えられるように努力するよ」

「でも、わたしはまだ同意していないわ」ヴィヴィは悲しげに応じた。

「ぼくが言ったことすべてに同意する必要はない」ラファエレはからかうような笑みを浮かべた。「だけど、とりあえずこれだけは承諾してくれ。ぼくはきみをロンドンの家に運び、きみのために病院の予約をとる。いいかい？」

ヴィヴィは自分の家の快適なベッドを思い浮かべ、その魅力にあらがえず、しぶしぶうなずいた。病院に行くのはあまり気乗りしないが、今後のことで説明や指示を受けるのはけっして悪いことではない。姉を見てきたから、妊娠中の潜在的な危険についてはだいたいわかっているけれど。

「それからここにいるあいだに、きみの里親たちにロンドンでの結婚式に出席してもらえ

言ったことをきっぱりと
「無理よ。二人は里子たちの世話で大変だから」
「そこをなんとかするのがぼくの役目だ」ラファエレは揺るぎない自信を込めて請け合った。
　一方、ヴィヴィは自問していた。ラファエレが寛大になろうと努力しているときでさえ彼を殴りたくなるなんて、わたしはいったいどんな女なの？　ヴィヴィは唇を噛《か》みしめ、無言を貫いた。何も言わないことが彼に対処する最善の方法かもしれないと考えて。

7

「かなりきつそうに見えない、ウィニー？」

　ヴィヴィが不安げに尋ね、大きく息を吸って姿見の前に立った。

　いつものクールでそっけない妹とは違い、ずいぶん緊張し、神経質になっているように見える。ウィニーは心配になり、アルコールの力を借りて少し元気づけようと考え、ヴィヴィのために飲み物をつぎにホームバーへ行った。昨夜は祖父が所有するロンドンの広大な多層階アパートメントに泊まり、姉妹三人で楽しいひとときを過ごした。ここにはすべての部屋に五つ星ホテル以上の設備が整っている。

「体に沿うデザインだもの」ウィニーは指摘した。「ぴったりフィットして当然だわ」

ゾーイがくすくす笑いながら二人の姉に近づいた。「でも昨日、縫い代を出したのよ。最後の試着で胸のあたりがきつすぎたから。デザイナーが驚いていたわ。体重が増えるにしても限度があるもの」

「そうね」ヴィヴィはつぶやいた。「デザイナーは思いやりの笑みの陰で、顔を引きつらせていたわ」

ウィニーはアルコールの入ったグラスをヴィヴィの手に押しこんだ。「さあ、これで憂さを晴らしなさい。あなたは自分を慰めるために食べすぎたみたいね。その程度のことでそんなにいらいらしないで」

「姉さんだって結婚式のときはいらいらしていたくせに」ヴィヴィは姉に思い出させた。

「そうね。でも、わたしは式のあとも結婚を継続しなければならなかった。イロスがテディを盾に取ったから。あなたは今日の式が終われば、晴れて自由の身になれるのよ」ウィニーは朗らかに言った。

ヴィヴィは青ざめ、気もそぞろにグラスを口に運んだが、二分以上長くは忘れていられない事実を思い出し、慌ててグラスを下ろした。彼女の神経は緊張で螺旋状《らせんじょう》にねじれ、ドレスの下のコルセットに締めつけられて胸が痛んだ。ヴィヴィは過去に一度も豊満な曲線をさらしたことがなかった。

〝体じゅうに体型の変化が出ていますね〟

昨日ラファエレに連れていかれた病院の看護師は朗らかにそう言った。ヴィヴィは予想以上に早く表れた体型の変化を楽しいとは思えなかった。

「それにしても、本当にすてきなドレスね」ゾーイは感嘆のため息をつき、姉が着ているスレンダーラインのオフショルダーのドレスをうっとりと眺めた。上等な金色のレース生地には豪華な刺繍《ししゅう》が施されている。「姉さんの髪の色との対比がすばらしい。ファッションによる自己主張とも言えるわ」

「昨日ラファエレから贈られたティアラやダイヤモンドとの取り合わせで、本物の女王に見える」ウィニーは目を輝かせた。「とても威厳があって、すごくエレガント」

「ええ」ヴィヴィは結い上げた髪のてっぺんにおさまったプラチナとダイヤモンドでできたティアラ、それにダイヤモンドのネックレスとドロップイヤリングを見つめた。「ラファエレがわたしに、こんな高価な宝石を身につけてほしいと言うなんて夢にも思わなかった。わたしが彼の家に代々伝わる宝飾品を身につけていいのかしらって、今でも半信半疑なの」

「今日は彼の近親者も出席するそうだから」ウィニーは眉根を寄せて言った。「彼はきっとこのショーをより本物らしく見せたいのよ。先祖伝来の家宝を身につけた花嫁はその一部なんだと思う」

近親者……。間違いなくアリアンナも出席するはずだ、とヴィヴィはぼんやりと考えた。彼女はどういう態度をとるかしら？　意地悪をするアリアンナは想像もできない。二人を引き離したスキャンダルから二年がたった。わたしのほうは喜んでいやな過去を水に流すつもりでいるけれど……。

「いよいよね。実感が湧いてきたわ」ヴィヴィはそっけない声で応じた。大勢の列席者の前で祖父の腕につかまり、祭壇の前に立つラファエレに向かって通路を歩く自分の姿を想像すると、さらに緊張が募る。なにしろこれはきわめて盛大な上流階級の結婚式なのだ。式の準備は祖父の手に委ねられていた。ヴィヴィは往生際が悪く、いまだに逃げ道を探していたので、式と自分とはなんの関係もないようにふるまい、準備には目もくれなかった。偽りの結婚式のことで、自らの希望や意見を述べる花嫁がいるだろうか？

だが残念ながら、三姉妹と祖父とウィニーの夫が一堂に会した昨夜の夕食の席で、ヴィヴィヴィは虚勢を張ることができなかった。スタムボウラス・フォタキスは自分が郵送しなければならなかった招待状の数ときわめて高い出席率に喜色満面だった。立派な肩書を持つ多くの人たちが自分の孫娘の結婚式に熱烈な出席の意思を示したことを、さらには新郎側の親類縁者がそろって毛並みがいいことを、手放しで喜んでいた。

臆面のないそのはしゃぎぶりを見て初めて、ヴィヴィは祖父が孫娘たちと社会的地位の高い男性との結婚を熱望していたことを理解した。祖父は貧しい生い立ちから独力で財を築いた立志伝中の人物だけに、華やかな人間関係に大きな意味を見いだしているようだ。

もっとも、一家にとって幸運なのは、まだどの報道機関も花嫁のヴィヴィ・フォックスと、かつてタブロイド紙で酷評されたヴィヴィ・マルダスとのつながりに気づいていないことだった。

励まそうとしてヴィヴィの手を握ったとたん、ウィニーは顔をしかめた。「あなたの指……氷のように冷たいわ。お酒はどこに置いたの？ 少し体を温めたほうがいいわよ」

ウィニーは周囲を見まわし、ヴィヴィが置いたグラスを見つけて取りに行き、再び妹に差し出した。

「いらないわ」ヴィヴィはこわばった声で断った。

「あなたが一杯も飲もうとしない理由は一つしか思いつかない」ウィニーは困惑気味に眉をひそめた。「でも、それはありえない」

「いいえ、ありえるわ。そうよ、姉さん、わたしは妊娠しているの」ヴィヴィはささやき声で告白し、ようやく打ち明けられたことに感謝した。

「嘘《うそ》よ」ウィニーは自信たっぷりに断言した。

ゾーイはもっと察しがよく、さらに情報も持っていた。「ラファエレの家に泊まったあの夜ね？」目を見開いて尋ねる。「文字どおり彼と一夜を過ごしたの？　でも、シャンパンを飲みすぎたって言っていたでしょう」

「本当のことを言えると思う？」ヴィヴィはしかめっ面をして、頬を赤らめた。

「まあ、なんてこと！」ウィニーは狼狽《ろうばい》してベッドの端に座りこみ、妹を見つめた。「おなかに赤ん坊がいるの？　本当に？」

「本当よ」ヴィヴィは淡々と認めた。「それから、わたしは式のあとも家に戻らない。ラファエレは妊娠中のわたしの面倒を見るのが自分の義務だという信念に取りつかれているの。だから、わたしは赤ん坊が生まれるまで彼と一緒に暮らすことを承諾したの」

「彼をあれほど憎んでいたのに……」ゾーイはまだ信じられないという顔をしていた。

「彼にもいいところはあるのよ」ヴィヴィはしぶしぶ言った。

「どうやらそうみたいね」ウィニーは嘲るようにつぶやいた。「おじいさんにはいつ話すの？」

「お任せするわ。わたしから話したら大喧嘩《おおげんか》になるだけだもの。基本的にわたしは取り決めを守り、おじいさんが求めている結婚をやり遂げるつもり。だから、おじいさんが怒るのは筋違いよ」ヴィヴィは顔をしかめて指摘した。「そもそもこれは何もかもおじいさんのせいなんだから」

「どうしてそう思うの？」

「だっておじいさんがラファエレとの再会を強要しなければ、わたしが彼の家に行くことはなかったし、こんなことも起きなかったはずだもの」ヴィヴィは自分の過ちをなんとか正当化しようとした。

「ラファエレにたまらない魅力を感じたのね？」ウィニーは興味津々で尋ねた。

ヴィヴィは肩をすくめ、その点に関しては返答を拒否したが、顔は真っ赤だった。

「わたしは彼に好感を持たざるをえないな」ゾーイが思案げに口を挟んだ。「赤ん坊に責任を持ち、あなたたち二人の面倒を見たがっているんだから」

ヴィヴィは肩をいからせた。「わたしは誰にも面倒を見てもらう必要はないのよ」

「にもかかわらず、どういうわけか彼の申し出に同意したのね」ウィニーがあきれた顔をしたとき、ドアがノックされた。「教会へ向かう時間が来たようよ」

　大きな教会にさざ波のように広がるざわめきを耳にし、ラファエレは振り返った。花嫁が到着したのだ。

「なんてことだ《ポルカ・ミゼーリア》」ラファエレは驚嘆の声をもらした。ドレス姿のヴィヴィが呆然《ぼうぜん》とするほど美しかったからだ。体の線が浮き出た金色のレースは、磁器のようになめらかな肌と赤茶色の髪を引きたてている。伝説的なディ・マンチーニ家のダイヤモンドが誇り高く上げた頭と、ほっそりした喉、そして繊細な耳で輝いていた。

　まさしくぼくの花嫁にふさわしい、とラファエレは胸の内でつぶやいた。代々のマンチーニの花嫁の中で、これほどの美しさに恵まれた女性がいただろうか？　ラファエレは本気でそう考え、誇らしさで胸がいっぱいになった。ヴィヴィの気品あふれる顔と姿を見れば、誰もこの性急な結婚に驚きはしないだろう。これほど明白な魅力に屈しない男がいるだろうか？　ラファエレは下腹部を揺るがす興奮の脈動と闘った。

　ラファエレの鋭い視線は花嫁の隣でほほ笑むスタムボウラス・フォタキスを容赦なく切り刻んだ。あの老人はいずれ、ぼくの家族を脅した代償を支払う羽目になる。ラファエレはすでに罰を準備していた。スタムが必ず飛びつく投資案件を、餌のように見つけやすいところに置いた。スタムは大損したことを悔しがり、二度とぼくを怒らせてはならないと思い知るに違いない。もしヴィヴィの子——ぼくの子がスタムの曾孫《ひまご》でなければ、つまりあの老人が憎らしい家族になるのでなければ、もっと非情な罰を下しただろう。

いずれにしろ、今日という日は、アリアンナに関する危険なファイルを取り戻し、スタムの脅迫を永久に封じる日になるはずだ。

端的に言って、ラファエレは無理やり祭壇の前に引きずり出された男にしては驚くほど上機嫌だった。年内には父親となり、離婚して独身に戻ることになっている。これは間違いなく祝う価値がある。そうだろう？

妻という厄介者を背負いこまずに跡継ぎを得られ、あえて再婚する理由もなくなるのだ。一族の血を後世につなぐ義務を果たしながら、好きなように人生を送る自由も取り戻せる。

完全に計画どおりには運ばないだろうが、柔軟な対応が成功への鍵となるに違いない。計画に変化が生じてもうまく対処できるとラファエレは確信していた。

とはいえ、砂粒のような小さな不安が彼の肌をひりつかせた。ヴィヴィは裕福なシングルマザーとして子育てをしていくのか？　生まれてきた子供は父親がいないのを知って悲しまないだろうか？　ヴィヴィが再婚して子供に新しい父親ができたとき、ぼくは平気でいられるのか？　彼女のような容姿を持つ女性が長いあいだ一人でいる可能性はきわめて低い。

ぼく自身の経験からして、義理の親を持つのはけっして楽しいことではない。薬物依存症の義母はありとあらゆる災いをもたらした。ぼくの容認できる男を、義父としてふさわしい男を、ヴィヴィが見つけるとは限らない。

しかもヴィヴィがほかの男と親密になったり、我が子が義父の庇護《ひご》のもとで楽しく暮らしたりすることを想像すると、ナイフで何度もえぐられたかのように鋭い痛みがラファエレの胸を縦横に走った。何かが間違っている気がしてならない。そんな未来は理想的とは言いがたいし、ぼくが自分の家族のために求めるものとは違う。子供にとって本当にそれでいいのか？　ぼくの子は心からの安らぎや幸福を得られるのか？

ヴィヴィと違ってラファエレは自分のやり方にこだわりがあった。そのうえ、考え方が古くさく、完璧主義者なので、完璧とは言えない計画を受け入れることはできなかった。

だからといって、〝結婚は一生だ〟という父の信念に同意するわけにもいかない。父の二度目の結婚はぼくの手本にはならなかった。もし父が離婚を決断していれば、家族全員がもっと幸せになれただろう。離婚が唯一の現実的な選択肢になりうる場合もあるのだ。その経験から、ラファエレは離婚という解決策が必ずしも間違いだとは思えなくなった。

ヴィヴィは彼がすでに離婚を計画していることなど夢にも思わず、満員の会衆席には目もくれないでラファエレだけを一心に見つめていた。衝撃的なほどハンサムでセクシーな顔は、長身で筋骨たくましい体が醸し出す優雅さと実によく調和している。

でも、わたしは数カ月後には以前と同じ普通の生活に戻るのよ。ヴィヴィは慌てて自分に言い聞かせた。ラファエレを見つめ、野放図に体を熱く燃え立たせてなんの意味があるの？　わたしの人生が思いどおりに進んでいないのは致し方ない。わたしが誰よりも知るべきなのは、人生はときに驚きや奇跡を生み出し、おなかの中にいる赤ん坊はその一つということだ。

ラファエレは礼儀正しくふるまう努力をし、わたしも同じ努力をするだろう。わたしたちは友人になり、これ以上争うことはしない。わたしの妊娠期間はかなり退屈なものになりそうだ。けれど苦悩の日々よりは退屈のほうがいい。ヴィヴィはそう考え、気持ちをしずめようと努めた。

やがてラファエレが彼女の手を取り、プラチナの結婚指輪を指にはめた。彼のしぐさには自信がみなぎっていた。もっとも、ラファエレは何をするにも自信に満ちている。わたしと違って頻繁に不安に悩まされるようなことはないらしい。

ラファエレが彼女を自分のほうに向かせた。二人の視線が絡まり合う。脚のあいだが熱く潤み、膝が震えて、ヴィヴィは懸命にみだらな反応と闘った。わたしたちは友人になるのよ。良識のある大人のようにふるまう友人に。けれど、彼の目はなんて美しいのだろう。陽光を浴びて溶けたキャラメルのようにきらめき、わたしの中の冷たい緊張も追い払ってくれそうだ。

式が終わり、ラファエレは二人で並んで通路を引き返すために彼女の手を握りしめた。

「そのドレスを着たきみは本当にすばらしい、美しい人《ベッラ・ミア》」

教会のオルガンが高らかに鳴り響き、盛大な音楽を奏でる中、彼の自然な賛辞にヴィヴィは頬を染め、一瞬、彼の目に見とれた自分を叱った。女性なら誰でも羨望する長いまつげを持っていることは彼の落ち度ではない。それに、彼の際立って優れた容姿に反応してしまうのはわたしの落ち度ではない。女性ホルモンのせいだ。もちろん、二人のあいだの性的な吸引力を完全に消すのは無理だ。でも、わたしが制御できないものは何もない。友人になろうとする試みはきっとうまくいく。ヴィヴィは自分にそう言い聞かせた。

一方、ラファエレはまったく別の結論に達していた。結婚式の厳粛さが、父に幼いころから植えつけられた道徳観念を思い出させたからだ。ヴィヴィはぼくの妻であり、もうじきぼくの子の母親になる。彼女では不充分だと考え、自分の人生における一時的奇行として彼女をお払い箱にするのは短絡的だし、ぼく自身にも彼女にも無礼だ。少なくとも、ぼくはこの結婚にチャンスを与えるべきではないのか?

結局、ぼくはまだヴィヴィを求めているのだ……。

そうと気づくなり、ラファエレはいらだちを覚えた。一人の女性に執着したことは一度もないからだ。その事実は少なからず彼を狼狽させた。いつもは性的に満足すると同時に相手への興味を失い、もっと挑戦しがいのある新しい女性に目を向けていた。しかし今、ラファエレは不本意にも花嫁の胸のふくらみと形のいいヒップの曲線に目を奪われ、強烈な欲望が湧き起こった。さらに、独占欲が彼の中で爆発的に燃え上がった。

ラファエレは長い指でヴィヴィのウエストをつかみ、彼女を自分のほうに向かせた。ヴィヴィが驚き、いぶかしげに彼を見上げ直後、ラファエレは荒々しく彼女の唇を奪った。それは優しいキスではなく、二人の新しい関係を正式に承認するキスでもなく、獰猛《どうもう》な欲望と所有欲から成るキスだった。

　ヴィヴィはまったく心の準備ができていなかった。しかも大勢の参列者の面前だ。鼓動が耳の中でとどろき、膝はがくがくして、ヴィヴィはなすすべもなく支えを求めて彼に寄りかかった。ラファエレは神父を含む数百人の前で情熱的なキスをするような男性ではない――ヴィヴィには断言できた。なのに、そのキスはすさまじく情熱的で、彼の舌が口の中に侵入してきた瞬間、ヴィヴィの体は震え、感電したかのように全身がしびれた。

　ラファエレに促されて通路を歩き始めてからも、ヴィヴィはまだ官能の猛襲にショックを受けていた。クールで自制心の強い男性というラファエレの印象はすっかり吹き飛んだ。同時に、プラトニックな友人という新たな関係を築いて、予想外の妊娠出産が終わるのを辛抱強く待つという彼女の計画も砕け散った。

　呆然としてかぶりを振った拍子に、ヴィヴィは自分に向けられるスレンダーな黒髪の女性の笑みに気づいた。アリアンナだ。わたしの元友人にして今は義理の妹。ヴィヴィは用心深い笑みを唇に宿した。

　二年前、アリアンナにあっさり切り捨てられ、いっさいの関係を絶たれたことを、わたしは大目に見なければならないだろう。タブロイド紙のスキャンダルの餌食にされ、友人にも拒絶されて傷ついたけれど、アリアンナがまるで何事もなかったかのようにほほ笑みかけてきても、さほど驚きはしなかった。

もともとアリアンナは純粋で心優しく、批判めいた言動をしたがらない天真爛漫《てんしんらんまん》な性格だった。わたしはアリアンナとの不和を望んでいない。もし彼女が兄嫁としてわたしを受け入れてくれるなら、わたしも過去を水に流し、同じ家族の一員となった今、彼女を義妹として受け入れることができるだろう。

教会の外階段に着くと、結婚したばかりのカップルに向けてカメラやスマートフォンのフラッシュが光った。しかしラファエレはほとんど足を止めず、力強い腕をヴィヴィのこわばった背中にまわして、待機していたリムジンのほうへ導いた。ヴィヴィは大混雑の中でゾーイのそばに立つ里親のジョンとリズを見つけると、かろうじてうなずき、ほほ笑みかけた。ラファエレが約束を守って見事に二人をここに連れてきてくれたことにヴィヴィは感銘を受けた。

「結婚式のあとできみが一緒にぼくの家へ行くことについて、きみのおじいさんはなんと言っていた?」ラファエレは豪華な車にヴィヴィを乗せると、声に好奇心を色濃くにじませて尋ねた。

ヴィヴィは眉根を寄せた。「まだ祖父には話していないの」苦々しく答え、ラファエレの驚いた顔を見て、言い訳がましく眉を上げる。「話したら、大喧嘩になっていたはずよ。祖父と争うのはもううんざりなの。わたしたちは一度として意見が合ったためしがない。だからウィニーが話していないのなら、祖父はまだ知らないはず。そのことはウィニーに任せたの。姉はわたしよりそつがないから」

ラファエレは顔をしかめた。「だったら、スタムはきみが妊娠していることも知らないわけか」不服そうに口をゆがめる。

「それはわたしが祖父と膝を交えて話し合いたいことじゃないわ」ヴィヴィはたじろぎ、顔を曇らせた。

「きみがぼくと一緒にイタリアへ行くと知ったら、彼は大きなショックを受けるだろう」

「なぜわたしがイタリアに行くの？」今度はヴィヴィが顔をしかめる番だった。

「ぼくはそこに住んでいる」

「でも、あなたはロンドンに家を持っているでしょう」ヴィヴィはうろたえた。

「仕事でこっちに来たときのためにね。ぼくたちはイタリアにあるぼくの家で暮らす」ラファエレは平然と言ってのけた。「きみがそれ以外の場所に住むと考えていたとは夢にも思わなかった」

ヴィヴィの顔が紅潮する。「わたしはイタリアなんかに行きたくないわ！」

「それは残念だな」彼は決然と言った。この件に関しては交渉の余地はないからだ。「ぼくの銀行はフィレンツェにあるし、家はイタリアにある。ぼくたちの子供はそこで産んでもらいたい」

「それで決まりということ？」ヴィヴィは目に怒りの炎を燃え立たせた。「ラファエレ様のお言葉には絶対に服従しなければならないのかしら？」

「きみの妊娠期間中、ぼくがロンドンに住むと思っていたとしたら、どうかしている」

「わたしは姉や妹と一緒にいたいの。英語を話せるお医者様も必要よ！」ヴィヴィは声を震わせて抵抗した。「あなたにとっては意外かもしれないけれど、これはわたしの初めての妊娠なの。だから不安なのよ」

「きみの姉さんはギリシアに住んでいる。ゾーイは好きなときにいつでも訪ねてくればいい。大歓迎だ。きみが望むなら、彼女も一緒に暮らすことができる」ラファエレはよどみなく続けた。「ぼくの邸宅《パラッツォ》は広大だ。部屋はいくらでもある。英語を話す医療チームも手配しよう。だが、きっときみはイタリア語を学びたくなると思う」

「今は学びたくないわ」ヴィヴィはつんとして言い返した。

「妊娠中ずっと不機嫌に過ごすわけにはいかないだろう」ラファエレは冷ややかに指摘した。「今までぼく以外にもきみにノーと言った者はいたはずだ」

「まるでわたしが自己中心的な女か甘やかされた子供みたいね。そんな言い方はやめて」ヴィヴィはいらだたしげに言った。「わたしは人生の大半をノーと言われて過ごしてきた。希望がかなったことはほとんどないわ。わたしは次善のもので我慢する達人なの！」

ぼくの壮麗な家やイタリアでの快適な生活が次善のものだと言いたいのか？　ラファエレの目が愉快そうに光った。ぼくに敢然と立ち向かうヴィヴィのような人間はほかにいない。それはともかく、どういうわけで彼女はつねに次善のものを受け入れなければならなかったんだ？　ラファエレは好奇心を刺激された。

「だが、きみは口論を楽しんでいる」彼は穏やかにつぶやいた。

「そんなことないわ」ヴィヴィは真っ向から反論した。「今後数カ月はあなたと一緒にいなければならない以上、できるだけ言い争いはしたくない。二人とも大人なのよ。意見の相違を認めたうえで合意を取りつけ、友人になることができるんじゃない？」

「友人かつ恋人か？　それなら可能だ。利害が一致する友人？　ある意味、それも可能だ。だが、きみとプラトニックな関係を保つことはできない」

ヴィヴィは大きく目を見開いた。住む場所

に続いて、結婚式の前に話し合っていなかった問題がまたも表に出て、不安で胸がいっぱいになる。「なぜできないの？」

「ぼくはきみを求めているし、きみに隠れて浮気をしたり、結婚の誓いを破ったりするつもりはないからだ」ラファエレは簡潔に答えた。「そろそろ手の内を明かすときだ、ヴィヴィ。もう駆け引きや嘘やごまかしが入りこむ余地はない。せっかく今後数カ月は一緒に暮らすのだから、そのあいだにこの結婚がうまくいくかどうかを見極めよう」

ヴィヴィは怯《おび》えた目で彼を見つめた。「だめ……だめ。わたしは反対よ。わたしはそんなことに同意した覚えはないわ！」

ヴィヴィの胸に衝撃が走った。もし二人が普通の新婚夫婦のように暮らし、再び親密になったら、わたしはまったくの無防備状態に陥る恐れがある。彼とベッドをともにしたら、出産後に明るく手を振って別れるなんてできなくなる。わたしはラファエレが自分のもののように感じ始め、彼にしがみつき、とことん求めてしまうだろう。ほんの数カ月しか続かない試験的結婚で彼がわたしのものになる可能性などまったくないのに。

「ぼくたち二人とも、喜んでこの結婚に同意したわけではない」ラファエレは穏やかに言った。「だが今は、とにもかくにもこれがぼくたちの人生だ」

「〝ぼくたちの人生〟ですって？　そんな言い方はやめて」ヴィヴィは怒りに駆られて言い返した。「今後わたしたちはいかなるものも共有しない。特にベッドは！」

ラファエレは感情を抑え、ゆっくりと息を吐いた。端整な顔がこわばっている。しかし、何も言わなかった。

その沈黙は二人のあいだに重苦しく垂れこめ、ヴィヴィの怒りをあざ笑った。

どうしてラファエレは大きな爆弾をわたしの頭上に落とし、そのあと何も言わずにいられるの？　彼はわたしとベッドを共有したいの？　この結婚を本物の結婚にする可能性をわたしに考えさせたいの？

もしそうなら、結婚式の前に伝えるべきじゃない？　ヴィヴィはそうしなかったラファエレに怒りを覚えた。わたしが結婚を拒否する可能性があるあいだは、手の内を半分しか明かさないなんて狡猾《こうかつ》すぎる。

「着いた」ラファエレが穏やかにつぶやいた。

ハスキーななまりが、身をこわばらせたヴィヴィの全神経をざわつかせる。彼女は窓に視線を向け、祖父が披露宴会場に選んだ高級ホテルを見て動揺した。わたしとラファエレは教会からホテルへの移動中、ずっと言い争いをしていた。友人になるなんて、最初から間違いだったのだ。理性的な大人の関係を築こうとするなんて。どうすればこの理不尽な男性を相手に理性を保っていられるの？

ヴィヴィは残り少ない気力を奮い起こしてリムジンから降り、ドレスの裾を持つためにに駆け寄ってきたゾーイにほほ笑んだ。いっそラファエレが提案したように、ゾーイをイタリアに連れていこうかしら？　ヴィヴィはふと考え、一瞬その気になった。わたしにとって妹の存在は大きな安らぎになるだろう。でも、ゾーイにとってはどうなの？　ゾーイは姉夫婦の争いの渦中に放りこまれるのを嫌うだろう。こんな一触即発の状況に気弱な妹を巻きこむのは、あまりに酷だ。

ヴィヴィは披露宴の招待客を出迎えるために気を取り直し、幸せそうな表情を顔に張りつけた。祖父は相変わらず満面に笑みをたたえている。どうやらウィニーはまだ何も話していないようだ。スタム・フォタキスは自分の計画が失敗したことを知りながらほほ笑んだりはしない。そのときヴィヴィはようやく、いやな役目を姉に押しつけた自分の身勝手さに気づいた。なぜわたしが対処するべき問題をウィニーが引き受けなければならないの？

ラファエレの手が腰にまわされ、大広間へと彼女をいざなおうとしたとき、ヴィヴィはその手からするりと逃れた。「祖父と話をしてくるわ」小声で言う。

「あとにできないのか？」ラファエレが尋ねた。

「残念ながら無理ね」ヴィヴィは毅然《きぜん》として答え、祖父に近づいて、二人きりで話ができる場所はあるかと尋ねた。

「いったいどうしたんだ？」祖父はそう言いながらヴィヴィをプライベートラウンジへと導き、孫娘の真剣な表情に気づいて困惑顔になった。

ヴィヴィは深呼吸をして切りだした。「わたしがこれから話すことを、おじいさんは気に入らないと思う」

「確かにわたしは気難しい人間かもしれないが……おまえはいつからわたしの反応を気にするようになったんだ？」祖父は皮肉まじりに尋ねた。

「わたしは披露宴が終わってもラファエレと一緒にいることにしたの」ヴィヴィは硬い表情で告げた。「実は妊娠しているの。だから赤ん坊が生まれるまで彼と暮らすことを承諾したのよ」

スタムの黒い目は氷のように冷たく光り、顔つきは急に険しくなった。「あの男はおまえの名誉を傷つけた」

「いいえ、わたしが自分の名誉を傷つけたと言ったほうが正しいと思う」ヴィヴィは臆して逃げるのではなく、堂々と祖父に立ち向かおうと努めた。「でもこうなってしまったからには、せめてこの結婚をきちんとやり遂げるつもりよ。そうすれば赤ん坊は婚外子にならない。それはラファエレにとって大きな意味があり、わたしにとっても重要だから」

「マンチーニはおまえの名誉を傷つけた……あれほど警告したのに！」

「おじいさん、お願いだから彼と喧嘩をしないで」ヴィヴィは心配そうな顔をして懇願した。「わたしは大人の女性なの。こうなった責任はわたしにもあるのよ」

「あの男はおまえの純真さを利用したんだ」祖父は苦々しい口調でラファエレを非難した。

祖父の剣幕にヴィヴィは当惑した。「もう大広間に戻ったほうがいいと思う」慌てて言う。懸案を片づけた今、ここに長居する必要はなかった。

仏頂面の祖父より一歩先にラウンジから出てきたヴィヴィを見とがめ、ウィニーは眉を上げた。「おじいさんに話したの？」声をひそめて妹に尋ねる。

「姉さんに押しつけるのは筋違いだと思ったから」ヴィヴィは詫《わ》びるように告げた。「おじいさんは案の定おかんむりよ。でも、いずれわかってくれるでしょう」

「怒りを新郎にぶつけなければいいけれど」ウィニーは気遣わしげに言った。

ヴィヴィが大広間を足早に歩いて上座を目指したとき、アリアンナが行く手をふさいだ。

「わたしたち、もう一度友だちに戻れる？」アリアンナは不安げな顔で尋ねた。

「あなたと友だちでなかったことは一度もないわ」ヴィヴィは請け合った。「もうあなたには会うなと兄に言われ、従ってしまったの。従うべきじゃなかったけれど……兄はわたしより人を見る目があるから。でも今回だけは兄が間違っていて、わたしが正しかった」アリアンナは悲しそうにほほ笑んだ。「わたしたちの友情を存続させるために闘わなくて、ごめんなさい、ヴィヴィ」

「いいのよ。人は過ちを犯す生き物なの」ヴィヴィは寛大さと温かみをもって応え、恐ろしい顔でラファエレをにらみつけている祖父から視線を引きはがした。「わたしたちはやり直しができる。なにしろ家族になったんだもの」

「二年間の空白を埋める時間はたっぷりあるわね」アリアンナの声は期待と喜びではちきれんばかりだった。「あなたと兄がどうやって再会し、結婚にこぎつけたのか、話を聞くのが待ちきれない。きっとお互いに一目ぼれだったんでしょうね」

「ええ、たぶん」ヴィヴィは如才なく応じ、ラファエレから歩き去る祖父を見つめた。ラファエレのこわばった表情から察するに、彼も祖父と同じくらい怒っているらしい。

「兄はぎりぎりまであなたとの結婚をわたしに打ち明けなかったの。だから独身さよならパーティを開けなくて残念だわ」アリアンナは嘆いた。

「そういうことはあまり好きじゃないから、気にしないで」独身さよならパーティの省略など、今抱えている問題に比べれば些細《ささい》なことだ、とヴィヴィは思った。

「こっちに来て。トーマスを紹介したいの」アリアンナはヴィヴィの腕をつかんだ。「わたしたち、今年の夏に結婚するのよ」

「えっ、そうなの？」ヴィヴィは驚き、アリアンナに引っ張られて、淡いブロンドの男性のもとへ連れていかれた。ラファエレと同年齢のその男性はヴィヴィに明るくほほ笑みかけ、アリアンナをいとしげに抱き寄せた。

ヴィヴィはこれ以上誰かにつかまる前にと急いで上座に戻った。ラファエレのハンサムな顔がゆがみ、近寄りがたい雰囲気を漂わせている。祖父に何を言われたにしろ、かなり気分を害したらしい。こうした事態を招いたのはわたしのせいだとヴィヴィは自分を責めた。

わたしがもっとうまく立ちまわればよかったのだ。祖父が若い女性とセックスに対してとりわけ古風な考えを持っていることを知りながら、わたしはそのことを気に留めるどころか、逆撫《さかな》でするようなまねをしたあげく、その証拠を隠すのにも失敗した。そして今、わたし自身の過ちと祖父の失望の代償をラファエレが払わされている気がする。

「祖父に何を言われたの？」ヴィヴィは単刀直入に尋ねた。

「今は言いたくない」ラファエレは低い声に強い怒りをにじませ、荒々しく息を吸った。自分の怒りを抑えるのにこれほど苦労するのは生まれて初めてだった。

スタム・フォタキスは詐欺師だ。ラファエレは約束を守ってヴィヴィと結婚したのに、スタムはアリアンナに関するファイルを渡すのを拒絶した。ラファエレが彼の孫娘に敬意を持って接するのではなく、彼女の名誉を傷つけたと主張して。

ラファエレははらわたが煮えくり返っていた。ヴィヴィの指に結婚指輪をはめたらすぐにファイルを取り戻せると踏んでいたが、スタムはあと数カ月はあれを脅しの材料に使うつもりでいるのだ。ラファエレにとっては想定外の事態だった。彼は自分の経済的才覚を使って高慢なスタムの鼻っ柱をへし折ってやろうと画策し、すでに罠《わな》を仕掛けていたのだ。ラファエレは悔しさのあまり歯噛《はが》みした。だが、今さら計画を変更するには遅すぎる。あとは運を天に任せるしかない……。

「ごめんなさい」ヴィヴィがしおらしくつぶやいた。

「なぜきみが謝るんだ？」ラファエレはぶっきらぼうに言った。「きみは何も悪くない。悪いのはぼくだ」

ヴィヴィが目をしばたたいたとき、披露宴の食事の一皿目が運ばれてきた。「どうしてそう思うの？」

「ぼくのほうが年上だし、経験も豊富だ。ぼくが軽率だったんだ」

「わたしも軽率だった。でも、あまり深刻になるのはやめましょう」ヴィヴィは悲しげな顔で言った。「祖父は別の時代に生まれ育った人だから、男女間のことに関してはいつも男性を責めるのだと思う。でも、わたしたちはそれが必ずしも正当ではないと知っているわ」

「そうかな？」

豊かな黒いまつげに縁取られたラファエレの目の中で光が揺らめいた。ヴィヴィは胸を締めつけられ、唇は乾き、目もくらむほどの興奮が体を駆け抜けた。頭がぼうっとする。

「ええ、そうよ」ヴィヴィは必死に冷静さを取り戻して答えた。「わたしはあなたと同程度の知性があるのだから、今の事態を招いた非は二人に等しくあるわ」

「ぼくたちの子供にそんなことは言わないでくれ」ラファエレは冗談で返した。

ヴィヴィは赤面した。「言うわけないでしょう」

ヴィヴィの祖父が立ち上がって簡単なスピーチを始め、二人の会話はいったん途切れた。

「きみがアリアンナに笑いかけているのを見

たよ。二人の関係があんな終わり方をしたのに、優しいんだな」ラファエレはメイン料理を前に、慎重に言葉を選びながら言った。

「わたしはずっとアリアンナが好きだったし、彼女がわたしとの連絡を絶ったのはあなたに強要されたからだと確信している」ヴィヴィは正直に告げた。

「ぼくは暴君ではない。当時、ぼくは妹に代わって賢明な判断をし、悪影響から妹を守らなければならないと思いこんでいた」

「まあ、暴君ではないかもしれないけれど」ヴィヴィはしぶしぶ認めた。「アリアンナがあなたに命じられたことをそのまま実行したのは確かよ。でも、だからといってわたしは彼女を責めたりしない」

「アリアンナはきみにべったりだったから、ぼくは非情にならざるをえなかった」ラファエレはしかめっ面で応じた。

「きっとあなたはわたしに関してここでは言えないようなひどい悪口をたくさん彼女に吹きこんだんでしょうね」ヴィヴィは横目で彼をにらんだ。

ラファエレはうめき声をもらした。「過去を蒸し返すのはやめよう。ぼくは誤解していたことを認め、謝罪した。もう水に流してもいいんじゃないか」

ヴィヴィは深く息を吸い、あのときの痛みを葬り去ることができるだろうかと考えた。

彼が関わってくると、なぜわたしはこれほど傷つきやすくなるの？　あの当時、わたしは彼に夢中だった。彼はわたしにキスをし、わたしに希望を与え、そしてわたしを誤解したあげくに去っていった……。自分の弱さが腹立たしい。もっと強い女性なら、とうの昔にあの出来事をあっさり忘れたはずだ。けれど、子供のころからずっと心が傷つかないように守ってきたにもかかわらず、わたしは彼にのぼせて防御壁を取り払ってしまった。そしてつらい屈辱の記憶は完全に癒えることのない古傷のように今もうずいている。

「それで、水に流してどうするの？」ヴィヴィは苦々しく尋ねた。

「単純なことさ」ラファエレは彼らしい自信に満ちた口調で断言した。

「ちっとも単純じゃないわ」ヴィヴィは厳しい口調で反論した。

「だが、つまるところ、肝心なのは一つだけだ」ラファエレはよどみなく続けた。「きみがぼくを求めているか、それとも求めていないか」

ラファエレはヴィヴィに反論する隙を与えず、その挑戦的な言葉とともに唇を重ねて彼女の息を残らず奪った。

8

「息を吸って！」ゾーイが急《せ》きたてた。

「吸ってるわよ！」ヴィヴィは懸命に呼吸を整え、こらえきれずにベッドの端に倒れこんだ。ホテルを発《た》つときに着ようと持ってきたストライプの七分丈のジーンズはまだファスナーが開いたままだ。「いったいこのジーンズに何が起きたの？　二週間前までは完璧にフィットしていたのに！」

「このきついジーンズでイタリアまで旅するのは相当つらいんじゃない？」ゾーイが穏やかに指摘した。

ヴィヴィは唇を噛《か》んだ。「もうこんなに体重が増えるなんてありえない。まだ妊娠三週目なのよ」

「あっという間に風船のようにふくらんでしまう体質なのかもね」ゾーイは自信のなさそうな顔で言った。「ウィニーにきいてみたらどう？　妊娠に関してはわたしより詳しいから」

「風船？」ヴィヴィは愕然《がくぜん》とした。「わかりやすい喩《たと》えをありがとう、妹よ！」

「だって、わたしに妊娠のことがわかるわけないでしょう？」ゾーイは申し訳なさそうに言い訳をした。

「いったいわたしは何を着たらいいの？」ヴィヴィは立ち上がり、怒りもあらわにジーンズを脱ぎ捨てた。「わたしの荷物はすべて荷造りして、ラファエレのタウンハウスに送ってしまったのよ。そこで暮らすと思っていたから。でも、その荷物は今、たぶん空港に向かっているわ」

「わたしのスカートとトップスを貸しましょうか？　いちおう着替え用に持ってきたの」

ゾーイは救いの手を差し伸べた。

「そのスカートはわたしには短すぎる」ヴィヴィは途方に暮れ、急に涙が目の奥にこみ上げた。「あら、いやだ。わたしったらどうしてしまったの？　泣いている！」

「妊娠ホルモンのせいよ。ウィニーのことを忘れたの？　テディを妊娠しているあいだ、テムズ川に負けないくらい涙を出していたわ。感情的に少々おかしくなっていた」

ヴィヴィは再びベッドに身を投げ出し、サイズの合わないジーンズと短すぎるスカートの上で泣きたくなった。けれど、その愚かな衝動に屈するのを拒み、深呼吸をして気を引きしめようとした。ラファエレの前で自制心を失い、恥をかくわけにはいかない。

数分後、ヴィヴィはゾーイのタイトスカートを身につけた。ファスナーはかろうじて上がった。ヴィヴィは自分よりほんの少し豊かな妹の曲線美に感謝した。レースのトップスはゾーイが着たときよりわずかに露出が増え、少しきつくて丈も短い。

「なんだかみっともないわ」ヴィヴィは嘆いた。「肌は露出しすぎだし」

「ラファエレは喜ぶんじゃない？」ゾーイはからかった。「あなたの脚がよりきれいに見えるもの」

「よく言えばね。悪く言えば裸に近いわ」ヴィヴィはため息をつき、かつてはへこんでいた腹部のかすかなふくらみから目をそらした。

ああ、まだ体型に変化が出る時期ではないのに。ヴィヴィはいらだった。そんなに暴飲暴食をしたかしら？　妊婦に適した特別なメニューというものがあるの？　本当にわたしは風船のようにふくらんでいるの？　まだそれほどではないはずよ。ヴィヴィは自分を安心させようとした。今のわたしはラファエレが口にした挑戦の言葉について考えるだけで精いっぱいだ。

〝きみがぼくを求めているか、それとも求めていないか〟

もちろん、わたしは最も本能的な部分で彼を求めている。そしてラファエレもそれを知っている。わたしはずっとそんなふうに彼を求めてきた。誇りに思えることではないけれど、二人のあいだの性的な吸引力はまだ弱まっていない。でもこれから一緒にいる時間が長くなれば、馴《な》れ合《あ》いが軽蔑を生み出す可能性もある。ヴィヴィはそれに期待するしかないと思いつつ、ホテルのエレベーターから混雑した一階ロビーに降り立った。

ウィニーが駆け寄ってきた。「なぜゾーイの服を着ているの?」

「きかないで」ヴィヴィはしかめっ面で答えた。「ラファエレはどこ?」

「バーにいるわ。エリーザという金髪美人と一緒に」ウィニーはかすかに眉を上げて答えた。「あなたにすごく会いたがっているわ。新しい友だちになりたいんですって」

「本当?」ヴィヴィは驚きの声をあげた。

「それがラファエレの友人としての義務だと思っているみたいよ」ウィニーは〝友人〟の部分を強調し、やれやれという表情を浮かべた。「あなたに助言し、あなたをサポートすることが」

「わたしをサポートするですって?」ヴィヴィはいぶかしげな顔をした。

「あなたがおじいさんやラファエレの社交グループに新しく入ってきたからよ」ウィニーはわかりやすく説明した。

「なるほど」ヴィヴィは興味なさそうにつぶやき、会員制のバーに向かった。人目を気にして頬が赤くなっている。自分の身なりが洗練されていないことを自覚しているからだ。ゾーイの小柄な体には似合うかわいい服でも、長身でほっそりしたヴィヴィが着るとかなり異様に見えた。

ところが、ラファエレの目にはまったく違って見えた。ダンサーのように優雅な動きで花嫁が近づいてきたとき、彼はあらゆる男の妄想が現実になったような気がした。そして、体が思春期以来の激しい反応を示したことにショックを受けた。

これこそがヴィヴィだ。華奢《きゃしゃ》な足首から伸びた美しいふくらはぎに、ほっそりした膝、白くて形のいい腿。トップスは胸の曲線に張りついている。そのふくらみは記憶にあるより豊かに見えたが、その理由はわからなかった。ラファエレは歯を食いしばり、ぴったりしたズボン越しに興奮ぶりを悟られないよう必死に自制した。

「ヴィヴィ……こっちに来て、エリーザに会ってくれ」ラファエレはそう言って腕を伸ばし、花嫁を引き寄せた。

ヴィヴィは五秒だけラファエレを見ることを自分に許し、ちらりと視線を走らせた。これ以上は見てはならない。洪水のようにあふれる彼の魅力に溺れてしまうから。だけど、それこそがラファエレだ。光の加減で青く見える短い黒髪、笑みに輝く端整な横顔、セクシーな美しい唇。ヴィヴィは今すぐカーペットに彼を押し倒し、彼のすべてを味わいたくなった。

ラファエレはあまりにすばらしい。その単語しか思いつかない。そんな自分に、ヴィヴィはますます狼狽《ろうばい》した。エロティックな想像から心を引きはがし、紹介された女性に応対するにはかなりの努力を要した。

「エリーザ・アンドレッリよ」ブロンド美人は背伸びをしてヴィヴィの左右の頬に順に唇を寄せた。「まあ、びっくり《ディオ・ミーオ》……背が高いのね」

「この靴を履くと、百八十三センチになるの」ヴィヴィは困惑の笑みを浮かべた。「姉と妹は小柄で、わたしだけがこんなに大きくなったんだけれど、なかなかいいものよ。姉に口答えするとき、見下ろすことができるから効果的なの」

「彼女は喧嘩《けんか》っ早《ぱや》いんだ」ラファエレが愉快そうに割りこんだ。

「そうよ。気をつけてね」ヴィヴィはブロンド美人の批評的なまなざしに内心たじろぎながらも、あくまで無関心を装って毅然《きぜん》と顎を上げた。

「フィレンツェの最高級ブティックを何軒か知っているから、今度一緒にどう？　特別な日にどんな服を着たらいいかあなたに助言したいの」エリーザは目を輝かせた。

ヴィヴィはほほ笑んだ。「その方面の助言は必要ないの。でも、ありがとう」精いっぱい感謝するふりをして言う。

エリーザが去ると、ラファエレはヴィヴィをじっと見た。「きみはずいぶん心が狭いんだな。エリーザは人に恩着せがましい印象を与えるが、善意から言っているんだ」

怒りにヴィヴィの頬がピンクに染まった。ラファエレのそばにいると、わたしはいつもより怒りっぽくなる――彼女はそのことに気づき始めていたが、彼のこの辛辣な批判には血がたぎった。無愛想だと思われてもしかたのないことをしたものの、まさかとがめられるとは思わなかった。「彼女は何者なの？」

「我が家のいちばん近くに住んでいる女性だ。彼女には実に悲しい過去があってね。数年前に幼なじみと結婚したんだが、まもなく夫は急性白血病で亡くなったんだ」ラファエレは説明した。「エリーザは寂しいんだと思う。子供のころからずっと彼とばかり過ごしていたから、女友だちを作る機会がなかった。それに、若く美しい未亡人とあえて友だちになろうとする女性はあまりいない」

「お気の毒に」ヴィヴィはつぶやいた。会ったばかりの人を珍しく第一印象で判断してしまい、狼狽の色が顔に出る。そのとき、ヴィヴィは不意に気づいた。ただ単にエリーザが美人で、ラファエレをよく知っている様子だったから、わたしは彼女が気に入らなかったのだ。でも、どうして？　たぶん、わたしがラファエレに所有欲を抱いているからだ。骨を誰にも渡すまいとする犬のように。ヴィヴィはそう気づいて動揺した。

〝きみがぼくを求めているか、それとも求めていないか〟

とたんに顔が熱くなり、不安がヴィヴィの体の全神経を締めつけた。わたしは同じ過ちを犯すほど愚かではない。二年前、報われないとわかっていながらラファエレに一方的に熱を上げ、彼が去ったとき、呆然《ぼうぜん》とその場に立ちつくすしかなかった。

あの屈辱的な記憶は今もわたしの脳裏に焼きついている。わたしはラファエレを求めてなどいない。彼と一緒にいるのは、どうしてもそれが必要な場合に限られる。たとえば、公の場で妻の役を演じるのはやむをえない。けれど、ひとたび背後でドアが閉まり、世間から隔絶されたら、演技は即終了となる。

ラファエレは自家用機の中でうたた寝を始めた花嫁を観察した。もっと快適に寝られるベッド付きの個室に案内してやればよかったと思いながら、彼は立ち上がった。毛布をかけてやるために。ぼくはもっとそうした気遣いを示さなくてはならない。ラファエレは自分を責めた。ヴィヴィはぼくの妻だ。おなかに赤ん坊がいるあいだは、ぼくが責任を負わなければならない。

青みがかった影がまぶたの下に刻まれ、ヴ

イヴィの顔色が悪く見えた。もちろん磁器のようになめらかな彼女の肌はいつも青白いが、今は疲労の色が濃いようだ。ラファエレは多忙を極め、まだ彼女のための医療スタッフをフィレンツェ《シ》で手配していなかった。

そうとも、ぼくは万全の態勢を整えなければならない。彼女とのセックスに思いを馳《は》せるより、彼女の体調を気遣うことのほうに多くの時間を費やすべきだ。ラファエレは心に誓った。

肩を優しく揺さぶられ、ヴィヴィは寝ぼけまなこで目を覚ました。「わたしはどれくらい眠っていたの？」目をしばたたいてラファエレを見上げる。

「離陸してからずっとだ。もうすぐ着くよ」

ヴィヴィは目を見開き、慌てて体を起こした。脱いだ靴を拾い、服の乱れを直す。「着陸後の予定は？」

「ヘリコプターでぼくのパラッツォに行く。二十分ほどで着くだろう。そのあとはゆっくり休める」ラファエレはよどみなく答えた。

「パラッツォって？」ヴィヴィは尋ねた。

「大きな屋敷のことだ。ぼくはパラッツォ・マンチーニで生まれた。そこがぼくの本来の家だ」

ラファエレは細い肘をつかみ、タラップを下りる彼女を助けた。ヴィヴィが一人では無事に下りられないと案じているかのように。

「わたしの祖父はアテネ郊外の大きな屋敷で暮らしているわ」スタムボウラス・フォタキスが三姉妹の人生に現れ、小さいながらも快適なロンドンのタウンハウスに住まわせてくれるまで、ヴィヴィたちははるかに質素な家に住んでいた。「わたしには両親の記憶がほとんどないの。両親が死んだときはまだ幼かったから。ゾーイは赤ん坊だった。両親のことを覚えているのはウィニーだけよ」

「さぞかし大変だったんだろうな」ラファエレは心からそう言い、ハイヒールを履いたヴィヴィをヘリコプターにどうやって乗せようかと考えた。そしてこれしか方法はないと決め、彼女をさっと抱き上げて機内に運んだ。

軽々と自分を抱き上げる男性が初めて現れたことにうろたえつつ、ヴィヴィはいちばん近くの椅子に座ってシートベルトを締めた。離陸する際の揺れに空腹も加わって吐き気を催し、楽しいフライトではなかった。けれど、ラファエレは有能なツアーガイドよろしくいくつもの名所を指差し、ヴィヴィに教えた。窓から景色を見下ろすのは彼女が今いちばんしたくないことだというのに。

「あれがパラッツォだ。上空からの眺めは最高だ」ラファエレは気配りのある拷問者のように、景色を見せることに固執した。

ヴィヴィは吐き気を精神力で克服しようと全力を振り絞った。

「気分が悪そうだな……どうした？」

「吐きそうなのよ、ばか！」ヴィヴィは荒々しく叫んだ。

ラファエレが滑稽なほど慌てふためいて容器を差し出すと、ヴィヴィは罪悪感に襲われた。この体調不良は自分にも責任があり、彼を一方的に責めるのは間違っている。

「ごめんなさい」ヴィヴィは小さな声で謝り、容器を抱えこんだ。彼の前でこれを使わずにすみますようにと祈りながら。

数分後、ありがたいことにヘリコプターは着陸した。ヴィヴィは安堵《あんど》してヘリから降りたが、まだ吐き気とめまいはおさまらない。

「具合が悪いのなら、ぼくにそう言うべきだった」ラファエレはため息をつき、待機していた車にヴィヴィを導いた。

「こんなことは初めてだったのよ。それにあなたが短いフライトだと言ったから、大げさに騒ぎたくなかったの」ヴィヴィは正直に答えた。「それでもあんなふうにあなたに八つ当たりするべきではなかった」

「かなり慣れてきたよ」ラファエレは物憂げに言った。「きみは考えるより先に口が動くようだ……」

つまり二人の関係においては、わたしこそが本当の愚か者なのだ。ヴィヴィはそう解釈して自分を哀れんだ。そのとき、車が向かっている先に巨大な建物が見えてきた。丘の頂上に石造りの屋敷が立っている。窓明かりがまぶしくて目がくらみそうなのは、あまりにも窓の数が多いからだ。

「あれがあなたの家なの?」

「ああ」ラファエレの口調には愛情がこもっていた。「何世紀も続く我が一族の家だ」

なんならゾーイも一緒に住んだらいいとラファエレが申し出たのも不思議ではない。ヴィヴィは建物の正面に並ぶ彫像の気高さと、幾何学式庭園の雄大さに圧倒された。

背の低い小太りのスーツ姿の男性が〝執事のアメデオです〟と自己紹介したときも、まだヴィヴィの気分はすぐれなかった。アメデオは広大な玄関ホールへと二人を案内した。

見事なフレスコ画が飾られたそのホールでは制服姿のスタッフが一列に並んで二人を出迎えた。ヴィヴィは室内の豪華さに足がすくみ、今にも誰かに詐欺師呼ばわりされ、ここから追い出されるのではないかと、不安に駆られた。わたしは専属のメイドや秘書をつけてもらうような高級な女ではない。ヴィヴィはそう思ったものの、とりあえずそのメイドや秘書と挨拶を交わした。

とはいえ、ラファエレが当然のことだと思っているものものしい儀式を見るのはとても興味深かった。ラファエレがこの壮麗な大邸宅で生まれ、大勢のスタッフに囲まれて育ったのなら、これは彼にとって日常そのものなのだろう。けれど、わたしにとっては違う。この結婚が終わったらわたしは大急ぎで自分の人生に戻り、深い安堵を覚えるだろう。ヴィヴィは確信した。

いずれにしろ、この結婚の成否を妊娠期間中に見極めようというラファエレの驚くべき提案に関しては、かなり面倒な話し合いが必要になる。ラファエレには、彼が所有する会社のマーケティング部に所属する社員ではなく、このパラッツォにふさわしい妻が必要だ。変わり者で大金持ちの祖父しか自慢できるものがない、たまたま妊娠した女ではなく。

「しばらく休息が必要だろう?」まるでヴィヴィが老女であるかのようにラファエレは気遣わしげに尋ねた。

「いいえ、シャワーを浴びて着替え、何か軽く食べるだけでいいわ」ゆったりとした足取りで彼と階段をのぼる途中、ヴィヴィは答えた。「知っていると思うけれど、わたしはちっとも繊細じゃないの。ただ妊娠しているだけで。それから、いつもよりほんの少し疲れているかも」

「気分が悪いんだろう?」

「妊婦にはよくあることよ」保護と監督を必要とするかよわい女だと思われたくなくて、ヴィヴィは無頓着に受け流した。

「ぼくは妊婦について詳しくない」

「詳しかったら逆におかしいわ」ヴィヴィが

そう言うと同時に、目の前で背の高い両開きのドアが開いた。その向こうには大きな寝室が広がり、中央には豪華な金色の四柱式ベッドが鎮座している。「まあ、すごい。博物館みたい。観光用の部屋なの？」

「ぼくの寝室だ」ラファエレはぶっきらぼうに答えた。ヴィヴィの反応は彼が新妻から期待していたものではなかった。「きみは歴史好きじゃないだろう？」

「ええ、歴史の中で暮らす趣味はないわ」ヴィヴィは正直に認め、なぜわたしが彼の寝室に連れてこられたのだろうといぶかったが、次の瞬間、その理由に気づいて自分の鈍感さにあきれた。スタッフが花嫁を夫婦の寝室になるはずの部屋に案内するのはきわめて自然なことだ。

「きみは自分の寝室にいるあいだは、なんでも好きなことをしてくつろいでくれ」ラファエレが室内を突っ切って間仕切りのドアを開けると、もう一つドアが現れ、彼はそれも開けた。

わたし専用の寝室が与えられるのね。当たり前だわ。ヴィヴィは自分にそう言い聞かせながら彼のあとから二重ドアを通り抜けて、広々とした部屋に入った。幸い、こちらは彼の寝室ほどの博物館らしさはない。ベッドこそ白鳥のような形をしているが、室内装飾は彼の部屋ほど豪華ではなかった。

「美しい部屋ね」ヴィヴィは心から言った。

ラファエレの端整な顔に笑みが浮かび、黒いまつげに縁取られた目が金色の夕日のように輝く。ヴィヴィは息がつまりそうになった。

「この部屋はぼくの義理の母が亡くなってからは使われていなかった。きみのために改装したんだ」

「あなたは結婚後、本当にロンドンで暮らすつもりはなかったのね——これっぽっちも」

ヴィヴィは今さらのように言った。

「ああ。ここはぼく一人で住むには広すぎる。いつかきみも自分の家のように感じてくれるとうれしい」

ラファエレの言葉には感動を覚えるほどの誠実さがあり、ヴィヴィは内心驚いた。ラファエレがわたしにこれほど感情のこもった言葉をかけるなんて信じられない。しょせんわたしは、彼が祖父との取り引きから大きな利益を得るためだけに結婚した妻なのだから。

最初は式を挙げて教会を出たら、別々の道を歩むはずだった。ラファエレによるとわたしの妊娠がすべてを変えたというが、肝心なことは何一つ変わっていない。この結婚が永遠に続くわけではないし、二人は夫婦としてまったく釣り合わない。ヴィヴィは冷めた視点でそう考えた。世の中にはどう願っても変えられない事実がある。

考えている途中で、むなしさと悲しみが胸

に広がっていき、ヴィヴィはあきれた。たぶんまだ疲れているうえに、この豪華な屋敷に怖《お》じ気《け》づいたせいだろう。

「夕食は何時？」ヴィヴィは尋ねた。

「八時だが、その前にきみのために軽食を作るよう指示しておいた。もうすぐ届く」

　ラファエレが自室に戻ってまもなく、ドアがノックされ、ヴィヴィ専用のメイド、ソフィがトレイを持って現れた。ヴィヴィは旺盛な食欲でおいしいオムレツとサラダを平らげ、しぶとい吐き気はしだいに薄らいだ。

　ほどなくソフィが再び現れ、いそいそとヴィヴィを着替え室に案内して、クローゼットの中を見せた。高級パッド入りのハンガーや芳香が立ちのぼる引き出しには、ヴィヴィの数少ない衣服が決まり悪そうに身を寄せ合っている。パラッツォでの生活は完全に別世界で、庶民の生活とは天と地ほどの差がある。ヴィヴィはベッドに座ってそんなことを考えるうちに、いつしか眠りに落ちた。

　はっとして目を覚ましたときには、窓の外が薄暗くなっていて、これほど疲れていたなんてどこか具合が悪いのだろうかと心配になった。そして、気づいた。ああ、そういえばわたしは妊娠しているんだった……。ヴィヴィはしかめっ面でおなかを軽くたたいた。

　すでに七時をまわっていた。夕食が八時であることを思い出し、ヴィヴィは自らを奮い立たせてバスルームに飛びこみ、シャワーを浴びた。髪はまたストレートにしよう。そう考えただけで、ヴィヴィは幸せな気分になった。結婚式の前はほかに考えることが多すぎて、髪まで気がまわらなかったが、今はなめらかなストレートヘアのヴィヴィに戻ることができる。そのほうがずっと好きだ。妊娠しているからといって、自分の流儀を変える必要はない。

寝室に戻ると、ソフィがそこにいた。ヴィヴィは驚き、タオルを体に巻いてきてよかったと思った。ソフィは手伝いを申し出た。

いったい何を手伝うというの？　ヴィヴィは面食らったが、ソフィははにかみながらも流暢《りゅうちょう》な英語で〝わたしはヘアメイクや化粧の心得があります〟と答えた。

ヴィヴィは着替え室に駆けこみ、唯一のロングドレスをハンガーからつかみ取った。祖父との初対面のときに買ったドレスだ。これがパラッツォの基準を満たすくらいフォーマルなものであることを願うしかない。

ソフィはヴィヴィのカーリーヘアに奇跡を起こしてくれた。ソフィが退室したあと、ヴィヴィは自分の優雅な姿をあらゆる角度から入念に点検した。自分ではこれほどきれいに結い上げることはできない。自分でやると、いつも手に負えないモップのようになるのだ。

ヴィヴィは足元を確かめながらハイヒール

で階段を下り、アメデオに案内されてきらびやかな大広間に入った。そこでラファエレを一目見るなり仰天し、自分が選択を誤ったことに気づいた。彼は色あせたジーンズに白い開襟シャツという服装で、相変わらずハンサムに見えたが、二人の服の違いにヴィヴィは赤面した。

「これがわたしたちのすべてを物語っているわ」ヴィヴィは自分のロングドレスを――精いっぱいのフォーマルな装いを、自虐的に指し示した。「わたしはめかしこみ、あなたは普段着」

「それがぼくたちの何を物語っているというんだ?」彼は眉をひそめた。「フォーマルな服で長い一日を過ごしたあとだから、きみはリラックスしたいに違いないと思ったんだ。ぼくのように」

「でも、いつものディナーはドレスアップしているんでしょう?」ヴィヴィはくだらないことだと思い始めていたが、言わずにはいられなかった。

「ああ」ラファエレはしぶしぶ認めた。

ヴィヴィは屈辱に頬を染め、背筋を伸ばして大広間の端に戻った。彼からできるだけ距離をおきたかったのだ。「だったら、わたしのためにカジュアルな格好をする必要はないわ」毅然として言う。

ラファエレはため息をつきたい衝動をこら

え、なぜぼくはヴィヴィのことになるといつも間違いを犯すのだろうかと考えた。気配りをしたつもりが、彼女に恥ずかしい思いをさせている。思いやりがあだとなり、彼女が気分を害しているのは明らかだ。

「きみの卑屈さと批判的な態度には疲れてきた」彼は真情を吐露した。「結婚に関してきみに選択肢がなかったことは理解しているが、それはぼくも同じだ。少なくともぼくはその制約の中で最善を尽くそうとしている」

予想だにしなかった厳しい批判に、ヴィヴィは髪の根元まで赤くなった。「嘘《うそ》よ」彼女はこわばった口調で言った。

「嘘ではない。きみはぼくの行動すべてを読み違えている――悪意を持って。そしてぼくを批判する」

「宮殿でプリンスさながらに暮らしているから?」

「ぼくはここで生まれた。これがぼくの暮らしだ。きみはそのことをぼくに謝罪しろというのか?」ラファエレは部屋の端まで届くように声を張り上げた。

その声は辛辣な鞭《むち》のごとくヴィヴィを打った。彼女の記憶にある限り、ラファエレは一度も声を張り上げたことがないからだ。ヴィヴィは狼狽した。そして、ドアから慌てて出ていくアメデオの姿を視界の隅でとらえると、いっそうの屈辱を感じた。

「もううんざり」ヴィヴィはつんと顎を上げ、廊下に出た。

ラファエレはあとを追い、巨大な岩のように彼女の前に立ちはだかった。「だめだ。人生で一度くらいはぼくの話を聞いてくれ」

「絶対に聞くものですか！」ヴィヴィはいきり立った猫のように反発した。「月が二つ出て、豚が空を飛んでも、わたしがあなたの話を聞くことはありえない！」

「聞くんだ」ラファエレは怒鳴りつつも、いつもはけっして失わない冷静さを手放すまいとした。

ヴィヴィは口汚い悪態をつき、崖から身投げするレミングのような勢いで彼の横をすり抜けた。飛ぶように階段を駆け上がり、息を弾ませて自分の部屋に飛びこむ。それもつかの間、背後でドアが開き、ヴィヴィは身を硬くして振り返った。

「ぼくたちはもっとうまくやれる」ラファエレは荒々しく息を吸って言った。「声を張り上げたのは悪かった。だが、きみはときどきぼくをあまりにも怒らせる」

「確かにあなたと一緒にいると、そういうきらいがあるみたい」ヴィヴィは彼の謝罪に少し心を慰められた。「理由はさっぱりわからないけれど」

「わからない？」ラファエレは表情豊かに黒い眉を上げた。「きみは二人のあいだに距離をおこうとしてぼくを怒らせている」

ヴィヴィは自分の行動を簡単に解明されて愕然とした。ああ、これ以上彼と親密になるのを避けたいという思いを気づかれてしまった……。「そのほうが安全だもの」まごつきながらも彼女はなんとか返した。

「何が安全だ！　ぼくたちは結婚したんだぞ。しかも子供がいる」ラファエレは手厳しく指摘し、なおも続けた。「ぼくたちのあいだには炎のごとく熱烈な性的吸引力がある」

ヴィヴィはいっそう身を硬くし、受け流した。「そう思っているのはあなただけよ」

ラファエレはこれほど頑固な女性に会ったことがなかった。彼は部屋を突っ切ってヴィヴィの目の前に立ち、そのとき初めて彼女のほっそりした体がかすかに震えていることに気づいた。見開いた大きな目には恐怖が見て取れる。「ヴィヴィ……ぼくは絶対にきみを傷つけたり、危害を加えたりしない」自分を恐怖の目で見る女性を前に、彼はうろたえ、かすれた声で言った。

「わたし……あなたが叫んだとき……」ヴィヴィは彼に話すべきかどうか確信を持てないまま切りだした。「わたしは、男の人が叫んだら逃げるようにプログラムされているの。だって子供のころ、いつも暴力を振るわれていたから。もしあなたが逃げ道をふさいでいたら、たぶん死に物狂いであなたに立ち向かっていたわ」

「二度と叫ばないと誓う」ラファエレはおそるおそる手を上げ、ヴィヴィのなめらかな頬からふっくらしたピンクの唇へと指を走らせた。「きみがそんな経験をしてきたとは知らなかった」

「簡単に……話せることじゃ……ないもの」ヴィヴィは途切れ途切れに言った。

ラファエレはわたしが彼に悪意を持ち、批判し、彼から距離をおこうとしていると責めた。すべて正しいと気づき、ヴィヴィは途方に暮れた。彼はわたしの心を読み、わたしのはったりを受けて立ち、口先だけの言い訳を盾にし続けるのを許さなかった。だからわたしは動揺し、自分の部屋に逃げこんだのだ。ヴィヴィは恥を忍んでそれを認めた。

「だが、もし過去の経験が引き金になるのなら、それはぼくが知っておくべきことだ」ラファエレは長い人差し指で彼女の柔らかな下唇をなぞった。下腹部がなすすべもなく、欲望で脈打つ。「どうかぼくを信じてくれ、ヴィヴィ……確かにぼくは多くの欠点を持っているが、ぼくと一緒にいればきみは絶対に安全だ」

まるでラファエレが解放のボタンを押したかのように体から緊張が消え、ヴィヴィはためらいがちにほほ笑みかけた。「大騒ぎしてごめんなさい……アメデオはあなたの叫び声を聞いて、すごく驚いた顔をしていたわ」

ラファエレの魅惑的な唇が苦々しい笑みを形づくる。「彼がぼくの怒鳴り声を聞いたのは初めてだろう。ぼくはつねに冷静だから」

「わたしに会うまでは……」

「きみに会うまでは、美しい人《ベッラ・ミア》」ラファエレはかすれた声で言い、誇り高い顔を彼女に近づけた。

ヴィヴィは彼がキスするつもりだと知り、あとずさるのよ、と自らに命じた。ところが、どうしたことか足は言うことを聞かなかった。それどころか、これから起こることを考えただけで、体の芯が熱くとろけた。

9

ラファエレは大地が揺れるほどの激しさでヴィヴィの唇を奪った。いくら認めるのを拒んでも、ヴィヴィの体はそれを求めていた。今にも火がつきそうな熱い欲望が体を駆け抜け、張りつめた胸の先端が硬くなって、脚のあいだが潤みを帯び始める。たかがキス一つで！　ヴィヴィは自身と格闘しながらも、彼の熱く固い筋肉に本能の赴くまま体を押しつけた。キスだけではとうてい足りず、もっともっと欲しい。彼のすべてをわたしのものにしたい。ラファエレに呼び覚まされた切望感に、ヴィヴィは圧倒された。

「どうかお願いだ《ペル・ラモーレ・ディ・ディオ》……きみが欲しくてたまらない」ラファエレはかすれた声で哀願し、細いストラップを引きはがしてドレスを下ろした。つぼみのようなピンクの胸の頂があらわになり、ラファエレは白鳥の形のベッドまで彼女を下がらせ、欲望をそそる頂を貪欲に口に含んだ。陶然とした気分の中で、信じられないほど興奮している自分に気づく。

これは現実なのか？　思わず疑ったのは、その興奮がラファエレのこれまでの経験をはるかに超えていたからだ。だが、紛れもなく現実だった。そのため彼はいっこうに消えない不安を押し殺した。

「きみの胸が好きだ」ラファエレはうなるように言った。

自分がベッドに仰向けになり、彼のなすがままになっていることに気づき、ヴィヴィは遅ればせながら狼狽《ろうばい》した。ラファエレにドレスを脱がされても、止めようがなかった。

いえ、たとえ止めることができても、わたしは彼を止めたくない——その言葉がモールス信号のように脳でしつこく点滅し、ヴィヴィは無視できなくなった。痛いほど敏感になった胸の頂を舌と歯で愛撫《あいぶ》され、短く刈りこんだ彼の黒い髪をつかんで身を震わせる。そ

してもっと欲しくなった。できるものなら、男
厄介な心の痛みを癒やしたい。

つまり、わたしはただセックスのために彼を利用しているだけ。そうでしょう？　だから何も恐れることはない。はるか昔から男性はセックスのために女性を利用してきた。だから、ときには逆のことをしても罰は当たらない。ヴィヴィは自分にそう言い聞かせ、彼の情熱的な唇を自分の口に引き寄せた。

ああ、なんてこと。ラファエレのキスは麻薬さながら、病みつきになりそうだ。ヴィヴィはキスに溺れながら、半ば無意識に腰を浮かせて下着を脱がせる彼の手助けをした。

ラファエレが覆いかぶさってくると、ヴィヴィは腹立たしくもなじみ深いさわやかで男らしい麝香《じゃこう》のにおいを吸いこんだ。セクシーなコロンの香りもまじっている。彼と触れ合うたび、何かが琴線に触れる。ヴィヴィは彼の背骨から引きしまった固いヒップへ、そしてまた背骨へと手を滑らせ、邪魔なシャツをジーンズから引き抜いた。ボタンを見つけ、根気強く外していく。ラファエレはヴィヴィのメッセージを受け取り、彼女の上で半身を起こしてシャツを脱ぎ、無造作に放り投げた。よく鍛えられた胸筋と腹筋が目の前に現れ、ヴィヴィは息をのんだ。

ラファエレは洗練された服の下に、ブロンズ色のなめらかな肌と硬い筋肉を隠し持って

いる。わたしは彼の体が大好きだと、ヴィヴィは不意に気づいた。好きでたまらない。その思いに背筋がぞくぞくし、ヴィヴィは目をしばたたいて彼を見上げた。

「どうした？《ケ・コーサ》」ラファエレはかすれた声で尋ね、荒々しい目でヴィヴィを見下ろした。その目を縁取るまつげは彼女のまつげより長い。

「なんでもないわ」男なのにこんなまつげを持っているなんて不公平だわ――ヴィヴィは初対面のときにそう思ったものだった。目に至っては非の打ちどころがない。浅黒い顔も同様だ。ラファエレは誕生時に神様から贈り物を配られるとき、いちばん目立つ場所にいたのだろう。

心臓がドラムのように激しく打ち始め、彼に腿の内側を撫《な》でられた瞬間、ヴィヴィの体は期待のコーラスを奏で始めた。それはスリリングで恐ろしくもあった。ラファエレの手がからかうようにそっと腿を這《は》い上《あ》がる。ヴィヴィはのけぞり、体の奥深くから湧き上がる切望に突き動かされて腰を浮かせた。

　これが本能というものなの？　ヴィヴィは呆然《ぼうぜん》とするほど強烈な欲望と闘うことも、それを抑制することもできなかった。あの純《じゅん》真無垢《しんむく》な女の子にはもう戻れない。

「ヴィヴィ、もし何か葛藤を抱えているのなら、話してくれ」ラファエレはささやきかけた。今日に限って彼女が反抗しないのはうれしいが、同時に、何がこの奇跡的な変化をもたらしたのか興味が湧いた。

「あなたはしゃべりすぎよ」ヴィヴィは顔をしかめて文句を言った。本当のことは絶対に明かしたくなかったからだ。ラファエレがときどき彼女を嫌悪すべき女に――自己鍛錬と強さを欠いた弱い女にすることを。

「そんなことはない。今夜はぼくたちの初めての夜だ。実際は違うが、ロンドンのぼくの家では初めての夜らしく過ごせなかった。今夜はその分も取り返したい」ラファエレは決然と言った。ヴィヴィが癪《しゃく》に障るほどに。

「いいえ、よかったわ……初めてのときも」彼女はしかめっ面で否定した。

「確かによかったが、あまりにも熱くなって慌ただしかった。初めてセックスをするティーンエイジャーのように」ラファエレはあくまで自分の見方を押し通した。あの夜の出来事は今も彼のプライドを傷つけていた。

「つまり、わたしがどんなに頼んでも、あなたは自分のしたいようにするのね」

「たぶんね」ラファエレは黒い目に愉快そうな光をたたえ、再び彼女の熟れたピンクの唇を奪った。最も簡単な方法で意見の不一致から抜け出したのだ。ヴィヴィと初めて関係を持ったとき、完全に自制心を失ってしまったことを認めるのは性に合わなかった。今思い出しても、彼を恥じ入らせた。今回、彼の気を散らすものがあるとすれば、それは地震くらいのものだろう。

ラファエレは長くしなやかな彼女の腿をもみしだき、すべすべした肌の感触を楽しんだ。今や脚のあいだは充分に潤い、彼を受け入れる準備が整っている。だが、ラファエレは前回しなかったことをしたかった。ヴィヴィを奔放に乱れさせるために。

以前のぼくは、ベッドにおいてかなり利己的な男だったかもしれない……。一瞬そんな考えがラファエレの脳裏をよぎった。ぼくを喜ばせるためならなんでもする女性に慣れてしまい、自ら喜びを与えて彼女たちを感動させようとする熱心さに欠けていた。

ラファエレは頭を下げ、彼女の秘めやかな場所に顔を近づけた。ヴィヴィが凍りつく。

「いや、やめて！」その行為を想像しただけで、彼女の顔は熱くほてった。

ヴィヴィは目を閉じ、わたしはどんなことでも乗りきれると自分に言い聞かせた。たぶん彼は自分の技巧に自信を持っているのだろう。それが経験豊かな男性の強みだ。そう思いながらも、ラファエレが別の女性とベッドをともにしたことを想像すると、体じゅうの細胞から怒りが噴き出しそうになった。

この反応は何を意味するの？　ヴィヴィは困惑し、自問した。彼はわたしのものではない。これは一時的な便宜上の結婚で、赤ん坊が生まれたらわたしたちはすぐに……。

次の瞬間、強烈な喜びがヴィヴィから思考力を奪い去り、驚愕《きょうがく》のあえぎ声をあげさせた。興奮の大波がほっそりした体を絶頂へと駆りたて、めくるめく歓喜のうねりが次から次へと打ち寄せる。下腹部の熱が全身に広がり、悲鳴に似た小さな声が口からもれた。その直後、すべてが解き放たれ、ヴィヴィは星がまたたくのを見た。

まだ喜びの震えに包まれている彼女に、ラファエレはにっこりと笑いかけ、キスをした。腕を彼の体に絡ませて抱きしめたいという衝動にあっさり屈した自分に、ヴィヴィはうろたえた。

「きみはすてきだ、大切な人《テゾーロ・ミオ》」ラファエレは再びヴィヴィに覆いかぶさった。

人生で初めて誰かにすてきだと言われて目頭が熱くなり、喜びの涙がヴィヴィの心を震わせた。けれどそれを深く実感する前に、ラファエレはヴィヴィの脚を持ち上げて自分のウエストに巻きつかせ、甘美な力強さで彼女の中に我が身をうずめた。

なんというすばらしさ！　ヴィヴィは彼と一つになったとき、これこそ自分がずっと待ち望んでいたものだと思った。心臓が早鐘を打ち、彼の動きを感じて、今までで最も深く結びついている気がする。またも喜びのさざ波が体の芯に集まり、ヴィヴィは空気を求めてあえいだ。彼が突くたびに、高揚感が大きな波となって立て続けに襲いかかる。ヴィヴィは陶然となり、すべての自制心をもぎ取られた。そして再びのぼりつめた瞬間、燃える星から飛び火したような灼熱《しゃくねつ》の喜びが渦を巻きながら全身にあふれ出した。ヴィヴィは叫び声をあげながら、自分の上で彼が震えるのを感じた。ラファエレも同時に絶頂に達し、体をこわばらせて自らを解き放った。

ラファエレは彼女から下りて隣に横たわり、両腕でしかと抱きしめた。「この結婚にチャンスを与えることは可能だ。それはたった今、証明された――ぼくたち二人によって」

ヴィヴィはけだるい至福の余韻からすばやく抜け出した。ラファエレの声に笑いを聞きつけ、両のこぶしで彼をたたきたくなる。わたしはいつの間にラファエレの本性を忘れてしまったの？　彼はつねに計画表を持ち、自分の思いどおりにわたしを動かすためにセックスを利用してきた。なのに、わたしはもう忘れかけていた。

もっと強く自制心を保ち、きっぱりと拒絶するべきだった。わたしはその瞬間の先を見据えなければならなかったのだ。けれど、ラファエレを前にすると、分別は吹き飛んでしまう。彼はいつもわたしの不意を突く。彼は利口で計算高く、つねにゴール目指して邁進《まいしん》しているからだ。

「ただのセックスよ」ヴィヴィはむっとしてつぶやいた。「なんの意味もないわ」

「いや、意味はある。きみはぼくの妻だからな。これは始まりだ」彼は尊大に告げた。

「でも、わたしは結婚の継続には同意していない」どこか心もとなげな声だった。ベッドで彼と裸で横たわっている状態でこんな会話をするのは気まずい。「だってばかげているもの。赤ん坊が生まれるまでは結婚を続ける。それで充分よ」

ラファエレは体を起こし、ヴィヴィを見下ろした。「試しても損はないんじゃないか？少なくともこの数カ月間は一緒にいることが決まっている。それがうまくいったら、そのあともうまくいく。うまくいかなかったら、そのあともうまくいかない」

「わたしたちは絶対にうまくいかない」彼女は断言した。

ヴィヴィが視線をそらすより早く、ラファエレは彼女の目をとらえた。「だが、せめてぼくたちの結婚にチャンスを与えることはできるはずだ。試してみたところで、失うものは何もない」

ヴィヴィは動揺し、きつく目を閉じた。ラファエレの言い分はもっともだ。彼は努めて理性的な態度を保ち、わたしが断りにくい雰囲気をつくりだしている。でも、彼は知らない。これ以上傷つかないよう、わたしが自分を守ろうとしていることを。彼にはけっして理解できないだろう。仮にわたしにとってうまくいっても、彼にとってうまくいかなかったら、わたしはどうなるの？　もしラファエレが人を操るのに長《た》けた冷酷な男性だったら？

そもそもこの結婚は、彼と祖父とのなんらかの密約の上に成立した。ラファエレはすでに桁外れの大金持ちだけれど、さらなる利益を得るためならわたしとの結婚もいとわない強欲な男性だ。どうせ今後しばらくは妻と同居せざるをえないのなら、ベッドもともにしたほうが得だ——彼がそんなふうに考えているとしたら？　単にわたしを欲望のはけ口として利用しようとしているだけだとしたら？

わたしの被害妄想かしら？　もしラファエレの目当てがセックスだけなら、わたしより洗練された女性がいくらでも手に入る。たとえ表向きは結婚している今も、これほど裕福でハンサムなら、喜んで体を差し出す女性は大勢いるだろう。しかもベッドでの技巧は抜群だ。そう考えるなり、ヴィヴィは顔が熱くなるのを感じた。だとしたら、単なるセックスの相手として彼がわたしを利用するとは思えない。

この便宜上の結婚をより本物に近い何かにするための可能性を探ろうと提案している今、ラファエレは間違いなく真剣なはずだ。そしてもし彼が本気で提案しているのであれば、傷つくのが怖いからというだけでは、断る理由として充分ではない。

深く息を吸って目を開けると、ラファエレの強烈なまなざしとぶつかった。「この家は何もかも桁違いで、わたしには高級すぎる」気恥ずかしさとともにヴィヴィは認めた。

「きみが変えていけばいい」

ラファエレはいとも簡単に言い、ヴィヴィを仰天させた。

「ぼくの母が二十年以上前に亡くなってから、このパラッツォには女主人が不在だった。そのため、ぼくの祖母の時代と同じ方針で運営されている。何一つ変わっていないんだ」

「アリアンナのお母さんは何も変えなかったの？」ヴィヴィは驚いて尋ねた。

「彼女は次の高揚感を追い求めたり、薬物依存症のリハビリをしたり、ショッピングをしたりするのにいつも忙しかったんだ」ラファエレは冷ややかな口調で説明した。

「あなたは本当に義理のお母さんが好きではなかったのね」

「好きになれるところが何一つなかった。彼女は夫にも義理の息子にも実の娘にも無関心だった。彼女が求めていたのは金と贅沢《ぜいたく》な暮らしだけだ。そういえば、〝アリアンナは痛恨の過ちでできた子よ〟と父に叫んでいたこともあったな」

ヴィヴィは絶句し、顔をしかめた。ラファエレの裕福な子供時代は、わたしが想像していたほど牧歌的ではなかったようだ。最初ラファエレはわたしに誤った思いこみを抱いていたが、わたしもまた富や生い立ちといった表面的なものに基づいて彼のイメージを勝手につくりあげていたのだ。ヴィヴィは罪悪感とともに認めた。

「それほどひどい女性なら、なぜあなたのお父さんは離縁しなかったの？」

「結婚は永遠だと思いこんでいたからだ。それに、ぼくの母が亡くなったあとあまりに性急に再婚し、それが恐ろしい過ちだったという事実に向き合う勇気がなかったんだろう。母の死後、父は孤独をかこち、悲しみに打ちひしがれて、再婚のような重大な決断を正しく下せる状態ではなかった。アリアンナの母のような堕落した女がこの世に存在することを知っていたのかどうかも疑わしい。父は若くして母と結婚したので、女性経験も乏しかったんだ」

「つまり、わたしが望めば、この家を変えてもいいのね？」

「もちろんだ。ここはきみの新しい家だ。ここで家族を育てるのであれば、きみにとって居心地のいい場所でなければならない」

「あまり先走らないでちょうだい」ヴィヴィは抗議した。「ときどきあなたはひどく強引になるのね、ラファエレ」

「きみはぼくのそういうところが好きなんだろう?」ラファエレは軽くいなし、ヴィヴィの唇をついばんで、彼女の体にめくるめく快感を送りこんだ。

それはもはやヴィヴィの手に負えるものではなかった。彼にこうして密着していることが信じられないし、自分自身も信じられない。

「でもやっぱり、わたしたちはうまくいかないんじゃないかしら。共通するものがほとんどないもの」

「ベッドでの信じられないほどの相性のよさと生まれてくる赤ん坊は、結婚生活の堅固な土台になる」そう言ってラファエレはにやりとした。

「わかったわ。試してみましょう」ヴィヴィはしぶしぶ承諾し、再び彼につかまる前に急いでベッドの端に避難した。「シャワーを浴びてくるわ。そのあとは食事をさせて。飢え死にしそう」

「わたしの里親だった女性――お母さんのほうはいい人だった。でも、その夫は大酒飲みで……」ヴィヴィは陰鬱な顔で自ら語り始めた。「恐ろしい暴力シーンを何度も目撃したわ。夜中に帰宅すると、きまって暴力を振るうの。わたしは二階に駆け上がり、彼の怒鳴り声を聞きながら、どうかお母さんがあまりひどく殴られませんようにと祈っていた。ある晩、彼はわたしの部屋に入ってきてベッドに腰掛け、〝もう大人の女だな〟とわたしに言って――」

「きみは何歳だったんだ？」頭に血がのぼり、ラファエレは遮った。まだ子供だっただろうに、そんな経験をしたとは。

「十三歳よ。さほど成熟していなかった」ヴィヴィは身震いして答えた。「わたしに触ろうとしたから、悲鳴をあげたの。すぐにお母さんが駆けこんできて……それがその家での最後の夜になったわ」

「次の家ではもっと幸せに暮らしていたのならいいんだが」ラファエレは食いしばった歯のあいだから息を吐いた。里親制度に関する現実を学び、心ならずもショックを受けていた。

ラファエレはもう一つ学んだ。ヴィヴィが耐えてきた血のつながらない親との関係に比べれば、ぼくが嫌悪していた義母はずっとましだった、と。父が守ってくれたせいもあるが、義母がラファエレに関心を示さなかったことで、彼は義母の薬物依存症の影響を受けずにすんだのだ。

一方、ヴィヴィは姉や妹と離れて暮らさざるをえなかった。三人の少女をまとめて受け入れる家庭を見つけるのは難しい。そのため、ヴィヴィは子供時代に必要な信頼できる家族の支援を得られなかったのだ。

「それがわたしに起きた最悪の出来事よ。でも正直に言うなら、まだましだった。わたしたちの中でいちばん大変だったのはゾーイよ。だから妹はあんなふうになってしまったの」

ヴィヴィは悲しげな顔をして言ったあと、不意に気まずさを感じた。おおむね、彼女は子供時代のことに関しては秘密主義を貫いてきたからだ。「いったいどうしてこんな話をしてしまったのかしら？」

ラファエレは思わずほほ笑んだ。ヴィヴィを打ち解けさせる方法を会得したからだ。人の心の動きに思いを巡らせるのは初めての経験だった。ビジネスの世界では敵を見極めることは必須だが、それを除けば、ラファエレは相手の心の動きや行動指針を気にするほど誰かに近づいたことはなかった。

そのルールの例外はアリアンナだけだったが、今はそこにヴィヴィが加わった。二人ともぼくの家族だ。願わくは、ヴィヴィがもっと素直にぼくの助言に耳を傾けてくれるといいのだが。それが可能かどうかは確信が持てない。なにしろヴィヴィは岩のように頑固な女性だから。

七週間が過ぎ、ラファエレの花嫁はますます妊婦らしい体型になってきた。ヴィヴィはそのことで愚痴をこぼしている。彼女の姉は妊娠の同じ時期にこれほどおなかが目立っていなかったという。そのうえ、ヴィヴィは一日に何度かひどく具合が悪くなる。避けられないことだと達観して、つわりとなんとかつき合ってはいるが。ヴィヴィはまだ病院にも行っていない。もともと大騒ぎする性格ではなく、今の段階で医療の介入は必要ないと考えていた。

ラファエレはおのれの心配事を隠すすべを学んだ。ヴィヴィの考えによると、妊娠に男の出る幕はないからだ。それでもようやく彼女を説得し、今日の午後フィレンツェの一流の産科医を訪ねて超音波検査を受けることになり、小さな達成感を覚えていた。幸いヴィヴィが赤ん坊の姿を見たがり、超音波検査に乗り気になってくれたのだ。

ビキニの上に突き出たおなかをヴィヴィはしぶしぶ受け入れ、木陰で安らかなひとときを過ごしていた。ゾーイの見立てどおり、風船のようにふくらんでいるが、それについてはどうしようもない。妊娠に邪魔されず、楽しい新生活を満喫するしかない。

楽しい新生活？　ヴィヴィは自分がそう考えたことに気づき、はっとした。当惑しながらほほ笑んで、陽光をいっぱいに浴びたプールを囲む美しい庭に目をやった。その向こうには、丘と葡萄畑《ぶどうばたけ》とオリーブ畑から成る壮大な田園が広がっている。見渡す限り、すべてマンチーニ家の所有地だ。マンチーニ家はかつて封建領主だったので、ラファエレはプリンスのような暮らしを送ってきた。ヴィヴィは少しずつそれを理解し始めていた。

彼の父親は生涯公爵を名乗っていたが、ラファエレはイタリア共和国が昔の貴族階級を法的に認めていないことを尊重し、その称号を使っていない。けれどその称号を使っていなくても、使用人たちは日常的にラファエレのことを公爵《ドゥーカ》と呼び、ヴィヴィを公爵夫人《ドゥケッサ》と呼ぶ。高貴な血筋ゆえ、彼は今も多くの人から尊敬されていた。ヴィヴィはかつて彼の貴族的な威厳にぞっとしたものだが、今はもうすっかり慣れた。

その日は週末で、それはラファエレが家にいることを意味した。ヴィヴィは彼を独り占めできる週末が大好きだった。

独り占め……。ああ、わたしはなんて独占欲が強いのだろう。

ヴィヴィは苦々しい気分で認めた。もしよい夫かどうかを調べるチェックシートがあれば、ラファエレはすべてを満たしている。まるで完璧になれる魔法の薬をのんだかのように。この世に完璧な男性など存在しないと頭ではわかっているが、もし存在するとしたら、ラファエレはその最有力候補だろう。妻が安らかに過ごせるように彼がどれほど心を砕いているかを知り、衝撃を受けた。

ヴィヴィはパラッツォの慣習を変えつつあ

った。少なくとも百年は不変だったはずの慣習を。二人は広大なダイニングルームでスタッフに囲まれて食事をとるのをやめ、今ははるかに小さな部屋でくつろいで食事をしている。メニューも簡素化した。二人とも手の込んだ料理を好むタイプではないからだ。

主人が帰宅するたびにスタッフがずらりと並んで出迎えるのもやめさせたが、ラファエレはそのことに少しも気づかなかった。ヴィヴィはパラッツォ・マンチーニの生活を少しずつ現代風に近づけていた。

だがヴィヴィの最大の挑戦は、ラファエレが銀行で働いているあいだ、自分にもできる仕事を見つけることだった。毎週一回パラッツォが一般公開され、そのあいだラファエレが二十四時間フィレンツェのアパートメントに避難していることを知って、ヴィヴィは驚いた。ラファエレはきわめてプライベートを重んじる人だが、先祖伝来の屋敷を観光客や建築家や環境保護論者に見せることを自分の義務と考えていた。

しかしある週、パラッツォに残って公開の一部始終を見学したヴィヴィは愕然《がくぜん》とした。不慣れなスタッフが客の質問に答えられずに困っていたり、アメデオが公爵家に関するきわめて退屈な話を聞かせたりしているのを目の当たりにしたからだ。

ヴィヴィは自分の裁量で若い歴史学者を雇

ってマンチーニ家の歴史を書きあげてもらい、次にきちんとしたツアーガイドを数名採用した。ツアーの終了時に立ち寄れるショップやカフェも造ろうと考えている。パラッツォには使われていない場所がたくさんあるからだ。

そんなわけで、ヴィヴィはにわかに忙しくなった。驚いたことにラファエレはその件に関して喜んで彼女に一任したが、負担になるのではないかと心配してもいた。ヴィヴィが多忙を愛し、彼と同じく人生に目的を必要とするタイプであることがわかり始めるまでは。

仕事の合間にヴィヴィはエリーザやアリアンナとショッピングを楽しんだ。今や二人とは大の仲よしだ。ラファエレとヴィヴィは何度か、フィレンツェのしゃれた家に住むアリアンナやトーマスと夕食をともにした。

一度訪ねてきたゾーイは、祖父が彼女のために結婚の計画を立てていると不安そうに話した。けれど妹は、ほんの数カ月、外国の宮殿でプリンセスのように暮らす程度のことなら苦もなく対処できると主張した。ウィニーとイロスも、ある週末にやってきた。姉は自分の妊娠期間を思い返し、ヴィヴィほどつわりはひどくなかったと言った。

ヴィヴィは指を広げて愛情たっぷりに腹部をさすり、この子は娘かもしれないと思った。おなかにいるのが女の子の場合、妊婦のつわりは悪化する、と何かで読んだ気がしたのだ。

「今にも眠りそうだな」ラファエレがささやき、長い指で妻の手の甲を撫でた。「中に入ろう。病院に行く準備をしなくては」

ヴィヴィは目を上げ、陽光に照らされた彼の顔を見た。そのとたん、純粋な欲望に体が震え、みだらな気分になった。ラファエレを見るたびに彼が欲しくなって欲望を抑えられなくなる。彼はベッドで夢のようにすばらしいから、ただそれだけよ――ヴィヴィは自分にそう言い聞かせた。喜びを切望するのはごく普通のことでしょう?

二人は毎晩、博物館の展示物のような彼のベッドで過ごす。見かけ以上に寝心地がいいからだ。ときどき、ラファエレの体を堪能するやましさを感じる。でも、彼だってわたしの体を堪能しているのだから、健全な娯楽と言っていい。まあ、すごく健全ではないかもしれないけれど。二人のいくつかの営みを思い出し、ヴィヴィは認めた。以前の彼女ならショックを受けたに違いないアダルト映画のワンシーンのようなことを。

ラファエレに関して最も驚くのは、保守的で古風な雰囲気を強く醸し出しているにもかかわらず、ベッドではすべての抑制を解き放って荒々しくなるところだ。ヴィヴィは彼にデッキチェアから抱き上げられながら、満たされた気分でそう思った。

「うわの空だな……何を考えている?」

ラファエレは彼女を抱いたまま、裏手の階段をのぼり始めた。ヴィヴィは頬を染め、いたずらっぽく彼にほほ笑みかけた。

「本気か？」ラファエレは彼女の表情豊かな顔を見て、驚きの声をあげた。下腹部が即座に反応する。「もしそれが妊娠のせいなら、ずっときみを妊婦にしておきたいよ」

「いやよ。吐き気はするし、おなかは出るし。一人産んであげるんだから、それで充分でしょう」ヴィヴィは笑った。

寝室で、ヴィヴィが彼の熱い体に溶けこんだとき、ラファエレは彼女が自分の人生にもたらした喜びに驚嘆した。三十歳になっても自分がそれほどの興奮を見つけられるとは夢にも思わなかったからだ。

看護師がヴィヴィの腹部の上でプローブを動かし、女性産科医が画面を見つめている。すると女医が不意に立ち上がり、プローブの動きを止めるよう看護師に指示した。ラファエレは妻の手をぎゅっと握り、ヴィヴィは身を硬くした。わたしの赤ちゃんに何か問題でも？

年輩の医師はヴィヴィの心配そうな顔にほほ笑みかけ、画面を指し示した。「元気な男の子ですよ。その後ろにもう一人いますが、この画像では二人目の性別はまだはっきりしませんね」

「二人目？」ヴィヴィは驚きの声をもらした。「つまり……子供は二人？」

「双子だ」ラファエレは少しうわずった声で言った。「ぼくたちは双子の親になるんだ。きみのひどいつわりも、普通の妊婦以上に体重が増えていることも、それで説明がつく。ドクター・ファネッティも同意見だろう」

赤ん坊たちの速い鼓動の音が部屋を満たし、ヴィヴィは目をしばたたいた。双子。赤ん坊が二人いる。一人でも大変だと思っていたので、その新事実はヴィヴィを沈黙させた。

「本当にわくわくするニュースだ」帰途、ラファエレは言った。「マンチーニ家の歴史の中で双子が生まれたことは一度もない」

「双子の妊娠はリスクも大きいのよ」ヴィヴィは産科医に言われたことを思い出した。双子の場合、通常の妊娠より多くの注意を払わなければならない。体重の増加に伴って疲労も増すし。早産の可能性も大きくなる。「わたしは気が動転しているわ。一人じゃなく二人よ。まったく子供がいない状態からいっきに二人生まれるなんて」

「子守《ナニー》のチームが必要だな」ラファエレはヴィヴィを安心させようとして言った。「きみはもっと頻繁に検診を受けてくれ。可能な限りの予防策を講じよう」

ヴィヴィは自分一人ではとうてい二人の赤ん坊の世話はできないと思った。今さらながら、この結婚の継続にチャンスを与えることにして本当によかったと思う。それにその試みは今のところ、とてもうまくいっている。

そうでしょう？　照れもせずおおっぴらに興奮を表現するラファエレを見て、ヴィヴィは心が温かくなった。どうして見逃すことができるだろう？　どんな女性も、我が子の父親のこんな姿を見たらうれしいに違いない。

それでなくてもラファエレはとても献身的だった。ヴィヴィは彼のそんな態度をまったく期待していなかったし、実際これまでに彼がしてくれた多くのことが予想外だった。

いつも花を買ってきてくれる。贈り物もたくさんもらった。今やヴィヴィは高価で美しい宝石の名だたる所有者だった。彼女はアリアンナが兄を敬愛している理由をようやく理解し始め、二年前に彼をあれほど誤解していた自分にあきれた。もっとも、同じように彼もわたしのことを誤解していたのだけれど。

「今夜はお祝いだ。外で食べよう」ラファエレは妻の手をつかみ、自分の唇に押し当てた。彼の美しい目が紛れもない感謝をたたえ、彼女の目を見つめる。

「まあ、すてき！」ヴィヴィは夫をからかった。「子供が一人なら衝撃、二人なら――」

「奇跡」ラファエレは快活に言葉を継いだ。

「あなたは本当に子供好きなのね」

ラファエレはにやりとした。明るい日差し

の中にカリスマ的な男らしさが放たれる。

「そう《シ》……ぼくたち二人の血を受け継いだ子供なら」

病院から帰る車の中で、ヴィヴィは彼にキスをしたいという衝動をかろうじてこらえた。もともと行動による感情表現が豊かなタイプではない。物心ついてからずっとそうだ。けれどラファエレの手にかかると、彼女は伝書《でんしょ》鳩《ばと》のように彼の腕に飛びこみたくなった。

だったら、なぜそれを認めないの？　わたしはラファエレに夢中だ。彼はわたしをこんなに幸せにしてくれたし、美しく魅力的で特別な女性だとわたしに感じさせてくれるから。二年前のわたしは、容姿や世慣れた態度というわべだけの理由で彼に惹《ひ》かれていた。二年後の今はもっと深いものを求め、彼はあらゆる面でそれに応えてくれている。わたしはもう男性を愛することを恐れていない。事実、ラファエレを愛することでわたしの心は満たされている。信頼する姉妹以外の人間とつながりを持つことを恐れていた幼いころの不安が幻だったかのように。

二人がパラッツォの前でリムジンから降りると同時にアメデオが駆け寄ってきて、早口のイタリア語で主人に話しかけた。ラファエレは芝生に止まっているヘリコプターを一瞥《いちべつ》した。パイロットが傍らにたたずんでいる。

「きみのおじいさんが来たらしい」

ヴィヴィは眉根を寄せた。「まあ……ずいぶん突然ね」

ラファエレはいらだたしげにゆっくりと息を吐いた。「たぶん彼は激怒している。応対はぼくに任せてくれ」

「なぜ激怒しているの？」ヴィヴィはぽかんとして尋ねた。

「彼に、ぼくが報復措置を講じたからだ。だが今ではスタムも家族だし、何よりぼくたちは離れられない状況にある。そのことを考えれば、それは賢明な措置ではなかった……今はそう思う」ラファエレは厳しい顔つきで認めた。「きみは二階に行ってくれ。ぼくが対処する」

「いいえ、わたしの祖父だし、すさまじく気難しい老人よ」ヴィヴィは反論した。「あなた一人に祖父の相手をさせられない」

ラファエレの顔がゆがむ。「ヴィヴィ……きみが知らないこともある。今はそれを知るときではない。席を外してくれ……頼む」

ヴィヴィは彼の告白にショックを受け、あとずさりした。赤い巻き毛に囲まれた顔がこわばって青ざめる。そういえば、まだ巻き毛をストレートヘアにしていない。ヴィヴィは足早に廊下を歩きながら、巨大な鏡に映る自分を見てぼんやりとそう思った。なぜぐずぐずと引き延ばしているの？　わたしはこの巻き毛が大嫌いなのに。でもラファエレはとても気に入っている。巻き毛を指で梳《す》きながら心から賛美してくれる。

それにしても、わたしの知らないことって何かしら？　ラファエレがわたしに知らせたくないことって？　ヴィヴィはめったに使わない大きな応接間の前をうろついた。すると、頑丈な木のドアを隔てていても、数百万ポンドの損失を出したと怒鳴っている祖父の声が聞こえてきた。

数百万ポンド？　その損失にラファエレが関わっているというの？　ヴィヴィは深呼吸し、ドアを開けて室内に足を踏み入れた。

10

「何が起きているのか、ちゃんと話して」ヴィヴィは応接間を突っ切り、出し抜けに尋ねた。ターコイズブルーのサンドレスが形のいい長い脚のまわりで揺れている。

二人の男性が同時に振り返った。

スタム・フォタキスは顔を紅潮させ、声を荒らげた。「わたしはおまえの夫のせいで数百万ポンドを失ったんだ！　この男はわたしを罠《わな》にかけた」

「あなたが株式市場におけるぼくの動きをことごとく見張り、ぼくが購入した銘柄をすべて購入していなければ、かからなかったはずの罠だ」ラファエレは冷淡な口調で指摘した。

「どうしてラファエレの動きを見張っていたの？」ヴィヴィは祖父を問いつめた。

「おまえの夫は投資の天才だ、ヴィヴィ。注視しているのはわたしだけではない」老人は仏頂面でうなった。「だが今回、この男はある株を買ったように見せかけ、わたしはその株を購入して大損したんだ」

「どういうことか説明して」ヴィヴィは今度はラファエレのほうに顔を向け、問いただした。

「ぼくはまもなく倒産するとわかっていた会社に興味を示した。案の定、その会社は倒産し、スタムは自分の失敗をぼくのせいにしている」ラファエレはこわばった顔で言った。

「あなたは祖父を引っかけようとして故意にその株を買ったと思わせたのね」ヴィヴィは夫の行動に衝撃を受けた。顔から血の気が引いていく。

「手首をたたいたようなものさ。その程度のことだ」ラファエレはいらだち、声を荒らげた。「きみのおじいさんは瀕死《ひんし》の重傷を負ったような言い方をしているが、総資産に比べたら微々たるものだ」

ヴィヴィは困惑して夫を見つめた。「でも

どうしてそんなことをしたの？　なぜ祖父に忠告しなかったの？　あなたの取り引きを見張っていた祖父も悪いと思うけれど、何が起きるか知っていたのなら、あなたはなぜ祖父の行動を黙って見ていたの？　どうして祖父に損をさせたかったの？」

「それくらいにしておけ、ヴィヴィ」スタムはぶっきらぼうに言った。この会話の行き着く先を予想し、不面目な秘密を明らかにして孫娘に失望されるより、手を引くほうを選んだのだ。「もうすんだことだ」

「いいえ。怒ってここに乗りこんできたからにはちゃんと理由を聞かせて」ヴィヴィは目をすみれ色に燃え立たせ、祖父から夫へと視線を移した。「それにあなただって、祖父にそれだけのことをしたからには、相応の言い分があるはずよ」

ラファエレはつかつかと窓辺に歩み寄ったかと思うと、さっとヴィヴィに向き直った。浅黒い顔は恐ろしく険しい。「ぼくは……いずれきみに話すつもりだったが、最初の段階ではまだ、秘密を打ち明けるほどきみを信用しきれていなかった。ぼくの妹を傷つける恐れのある秘密を」

「アリアンナを？」ヴィヴィはますます困惑したが、彼に不信感を告白されて動揺したことを顔に出すまいと努めた。「アリアンナがこれにどう関わってくるの？」

ラファエレは唇を噛《か》んだ。「スタムはアリアンナの過去の過ちを探ってファイルにまとめ、それをメディアに流すと脅迫してきた。アリアンナの婚約者の家族は非常に古風だから、そのファイルの内容を知ったら立腹するだろう。ファイルが公表されたら、妹とトーマスの将来は砕け散るとぼくは思った」

ヴィヴィは愕然《がくぜん》とした。「なぜおじいさんがそんなことを？」おそるおそる祖父に尋ねたが、その瞬間すべてのピースが正しい場所にはまり、合点がいった。「わたしとの結婚をラファエレに強要したのね！　ビジネスの取り引きだとわたしに信じこませ、二人してわたしに嘘《うそ》をつくなんて！　なぜアリアンナを脅迫したの、おじいさん？　彼女は何一つわたしに害をなしていないのに……」

スタム・フォタキスは恥じ入って頭を垂れ、孫娘から目をそらした。ラファエレはそんな老人の姿を驚嘆の思いで見つめた。

「それしかラファエレを従わせる材料を持っていなかったからだ、ヴィヴィ。この男はおまえの評判を傷つけた代償を支払わなければならなかった。わたしはそのための手段を手に入れる必要があった。けっして楽しい手段ではないが、それを使う心構えはできていた。すべてはおまえのためだ」

「わたしのため？」ヴィヴィは悲痛な声で繰り返し、激しい嫌悪感に身震いした。「おじいさんは、アリアンナの将来を守りたいなら命令に従えとラファエレを脅したのね。卑劣で許しがたい行為だわ。今そのファイルはどこにあるの？　破棄されたことを願うわ」

「まだ破棄されていない。結婚式の日にぼくが受け取る予定だったが、スタムは手放さなかった」ラファエレは憤然として口を差し挟んだ。「それを使ってぼくを脅し続けるつもりだったんだ。ぼくは容認できなかった」

「我々の取り引きの条件を破ったからだ！」

祖父は怒りに任せてほえた。「おまえはヴィヴィを妊娠させた」

「ぼくたちを無理やり結婚させたのはあなただ。その責任を負ってもいいはずだ！」ラファエレは老人を糾弾した。「それに今、あなたはヴィヴィを傷つけている。許せない」

ヴィヴィは血の気のない唇を開いた。目の前で明らかにされた衝撃の事実に吐き気とめまいを覚えた。「あなたたちは二人ともわたしを傷つけ、失望させている」

我々の取り引きの条件……。

祖父のその言葉は、ヴィヴィが応接間を飛び出して階段に向かうあいだも、頭の中でずっとこだましていた。わたしの結婚は取り引きだったのだ。しかも最も残酷な取り引き。どうしてわたしは今までその事実を忘れることができたのだろう？　愚かとしか言いようがない。ラファエレがこの結婚で何か大きな利益を得るようだと感じてはいたが、わたしはそのことを頭の奥深くにしまいこんでいた。ラファエレがそういう結婚を承諾するとは、彼の性格を考えれば腑《ふ》に落ちなかったものの、わたしは受け入れ、それ以上は詮索しなかった。わたしは砂の中に頭をうずめ、考えることを放棄し、目も耳もふさいでいた。今この非情な事実に頬を殴られているのは、言わば自業自得だ。

ラファエレは祖父に脅迫されてわたしと結婚した。アリアンナの将来を破壊すると脅され、なんとしてもわたしの同意を取りつける必要があったのだ。わたしはラファエレが妹をどれほど愛しているか知っている。妹を危害から守るためなら、彼はどんなことでもするだろう。アリアンナが過去にいくつかの過ちを犯し、今は後悔していることも、本人から聞いて知っている。一生のあいだに一度も過ちを犯さない人がはたして存在するだろうか？　でも、アリアンナは資産家の公爵の美しい妹だ。過去の行動にも大きな注目が集まるだろう。

振り返れば、わたしが結婚前のラファエレの行動をいかに自分に都合よく解釈していたかがよくわかる。わたしは彼の執拗《しつよう》な求婚を、わたしの魅力に対する嫌味なほど大げさな称賛だととらえていた。ハケット・テクノロジー社の余剰人員を整理すると脅されたことも、わたしは寛大にも許した。

最終的には妊娠がすべての懸念を吹き飛ばし、わたしは彼との結婚を決めた。けれどわたしのラファエレへの思い――長いこと自分自身にも否定してきた彼への愛は、日増しにふくれあがっていった。心の深い部分でいつもラファエレを求め、結局は彼と結婚した。そもそもなぜ彼がわたしの人生に舞い戻ってきたのかという気まずい質問は封印して。

我々の取り引きの条件……。

それこそが、わたしが夢のような幸せを感じつつあったこの結婚の土台だったのだ。夫婦が協力して子供を育てるための強固な基盤にはなりえない。ヴィヴィは打ちひしがれ、ベッドに座りこんだ。思いきり振りまわされて中身の詰め物が飛び出した縫いぐるみのような気分だった。

にわかに吐き気に襲われ、ヴィヴィはバスルームに駆けこんだ。大理石の洗面台につかまって体を支え、震える手で顔を洗う。吐き気と、虚弱体質になったように思えるこの体が、気分の悪さに拍車をかける。それでなくても気分が悪いのは、ずっと自分に嘘をついてきたことに気づいたからだ。自分のプライドを守るため、ラファエレへの愛を認めるのを拒絶してきた。彼を愛していることは痛いほど明らかなのに。

二人の距離が縮まったと思える今も、それ

を認めるのは至難の業だ。わたしが愛する男性――わたしの双子の赤ん坊の父親はいまだに、秘密を打ち明けるほどにはわたしを信用していないのだから。最もつらい事実は、今回の件でラファエレが被害者であることだ。彼ほどのプライドの持ち主なら、その現実にほぞを噛む思いだったに違いない。けれど祖父の言いなりになるのは性に合わなくても、ラファエレは妹のためにプライドを犠牲にした。そして、それゆえにわたしはいっそう彼をいとおしく思っている。

どうして？　本来なら彼を憎むべきなのに。

ヴィヴィは絶望し、涙の跡がついた頬に冷たい手を押し当て、相争う二つの感情のはざまで懸命に自分を保とうとした。

いきなり寝室のドアが開き、ラファエレの大きな体がドア口をふさいだ。「スタムは帰った。ぼくにファイルを返してくれるそうだ。受け取ったら、ただちに破棄する。それで一件落着となればいいんだが」彼は荒々しく息を吐いた。「ありがとう」

青白い顔と鮮やかな髪との対比で、ヴィヴィの目は痣《あざ》のように見えた。彼女があまりに弱々しく不安定に見え、ラファエレは彼女を抱き上げて真綿でくるみ、守ってやりたくなった。しかし悲しいことに、自分が犯した過ちの悪影響から彼女を守ることはできなかった。ツケがまわってきたのだ、とラファエレは断腸の思いで認めた。

「なぜわたしに礼を言うの？」

「スタムが自分の行動をきみに知られて恥じ入り、これ以上の脅しを放棄したからだ」ラファエレは顔をしかめて答えた。

「アリアンナはこのことを知っているの？」ヴィヴィは尋ねた。

「いや、妹はまったく知らない。もし知ったら、打ちのめされていただろう。それは公正ではない。このような状況に陥らないよう、ぼくが妹がもっと若いころから、彼女の行動に注意を払うべきだった。妹の過ちはぼくの責任だ」

「この結婚においてあなたは被害者だけれど、どうしても被害者はわたしのように思えてしまうの」ヴィヴィはこわばった声でつぶやいた。「あなたは少しも……強要されているようには見えなかった。信じられないかもしれないけれど、もし祖父の仕打ちを話してくれていたら、わたしは仲裁役を買って出たと思う」

「最初、ぼくはきみを信用していなかった。あのときのぼくはまだきみに悪印象を持っていたんだ」彼は悲しげに告白した。「アリアンナもきみとの縁を切ったし、きみが妹にとって思いやりにあふれる友人だったとはとうてい思えなかった」

「そうね、あなたがそう思った理由はわかるわ……最初は」ヴィヴィは終わりの部分を強調した。「いずれわたしに何もかも話す気持ちはあったの？」

ラファエレはたじろいだ。黒いまつげが美しい目に影を落とし、引きしまった口がきつく引き結ばれる。「話さなかったと思う」

彼の思いがけない告白に、ヴィヴィは困惑した。

「話せば、きみは苦しんだだろう。ぼくはきみを苦しめたくなかった。それにぼくが脅されて結婚したことをきみが知ったら、ぼくたちのあいだで何かが大きく変わったはずだ」

「苦しもうが苦しむまいが、わたしは事実を知りたかったわ」ヴィヴィはきっぱりと言った。「わたしに知らせないのは不公平よ」

「初めはアリアンナのファイルのことがあったから、きみと結婚しようとした」ラファエレは真剣な顔で打ち明けた。「だが、結婚式を挙げる前に、きみと結婚するべき理由がいくつもできた」

「一つ目の理由は……妊娠ね」ヴィヴィは自ら口にした。

「二つ目は、きみに触れずにいることができなかったから。三つ目は、なぜかきみがぼくの世界を輝かせたから。そして四つ目は、二年前にぼくが大失敗してきみを失い、再びきみを失う危機に瀕《ひん》していたから」

ヴィヴィは眉をひそめた。「大失敗……ど

ういうこと?」

「理想の女の子に出会って一目ぼれしたのに、あの売春宿のことが新聞に載るや、ぼくは過剰に反応した。まんまときみにだまされたのだと。あれほど誰かに惹《ひ》かれたのは初めてだっただけに、自分が愚か者に思えた。事実を検証することもせず、結論に飛びついてしまったんだ。自分の本能を信じ、とどまる勇気を持つべきだったのに、ぼくは去った」

「わたしに一目ぼれしたの?」今聞いたばかりのことが信じられず、ヴィヴィは震える声で念を押した。「一年前に?」

　ラファエレが無言でうなずくのを見て、ヴィヴィの目から涙があふれた。

「あのスキャンダルの代償はわたしたちにとってあまりに大きかったわけね」

「ああ《シ》……」ラファエレはヴィヴィの前にひざまずき、彼女の両手をぎゅっと握りしめた。「だからぼくはスタムに脅されたことを永久に秘密にするつもりだった。愛する女性と一緒にいられるというのに、家族内の些細《ささい》な脅しがなんだというんだ? ぼくはきみを心の底から愛している。あまりに愛しすぎて、それを表現する言葉が見つからないくらいだ、愛する人《アマータ・ミア》」

「あなたはわたしを愛しているの?」ヴィヴィは不安げにきいた。

「そうだ。ぼくはきみにぼくのすべてを捧《ささ》げる。そして、きみを絶対に手放さない」

ラファエレは断言して体を起こし、ヴィヴィの手を引いて彼女を立たせた。

「きみに再会した瞬間、ぼくの心はざわついたが、自分の胸中を深く考える暇はなかった。アリアンナのファイルのことで頭がいっぱいだったから。ソファの上できみのバージンを奪ったとき、自分が苦境に立たされたと気づいた。それでもきみの妊娠を知って喜びが湧いたとき、これが愛だと知った。そんな感情を抱いたのは初めてで、自分の中にそんな感情があるとは気づきもしなかった」

ヴィヴィを見つめるラファエレの目は感謝に輝いていた。

「きみときみへの愛は、ぼくの世界を根底からくつがえした」

「そうなの?」ヴィヴィは息を弾ませ、両腕でラファエレを自分の胸に引き寄せた。彼の体の熱と力強さを味わいながら。

「今のぼくは前よりずっと柔軟だ。邪魔されるのが大嫌いだった規則正しい習慣も捨ててしまった」

ラファエレはにっこりして続けた。

「朝、銀行に出勤する時間を遅らせたのは、妻が目覚めるまで家にいたいからだ……もう一度愛し合えるように。きみは早起きじゃないからな、いとしい人《カーラ》。どうしても早く出勤しなければならないときは後ろ髪を引かれる思いだった。昼食時にも何度か帰宅したことがあった。ぼくは仕事の鬼《ワーカホリック》で、面白味のない男だった。だから、きみがぼくの世界をくつがえしたと言ったんだ。きみが入ってくるまではかなり暗く退屈な世界だった」

「あなたがわたしをそんなふうに思っていたなんて夢にも思わなかった」ヴィヴィは喜びのあまり半ば放心してつぶやいた。

「きみはずっと寝ぼけていたのか？　ぼくはきみのそばを離れず、めったに一人にしなかった。ぼくの望みはきみを幸せにすることだけだ……ぼくと出会う前にきみが経験した不幸な時期の埋め合わせをするために」ラファエレは感情をほとばしらせて言葉を継いだ。

「ぼくはきみを愛している――自分が持っていたとは信じられない激しさで」

「わたしも愛している……二年前、わたしもあなたに一目ぼれしたの」何もかも与えたい気分になり、ヴィヴィは告白した。「あなたが去っていったときはひどく傷ついた。だから今回はあなたと距離をおこうとしたの。自分を守らなくてはならないと思って」

ラファエレは妻の頬を指先で撫《な》でた。「きみを傷つけてすまなかった。しかし、慰めになるといいが、ぼくも傷ついたんだ。だからあの当時は過剰に反応してしまった。今回は事態を悪くする危険を冒したくなかったから、スタムに脅されたことを隠していた」

「それでも話すべきだったわ」ヴィヴィはたしなめた。「よいときも悪いときも、わたしはあなたの妻なのよ」

「そうだな。ぼくはスタムに、あなたはすばらしい縁結び役だと言った。あいにく彼を激怒させてしまったが。けれど、ウィニーとイロスは互いに夢中だ。ぼくたちの結婚式でそれを目の当たりにした。それに、今ではぼくたちも仲のいい夫婦だ」

「新聞に載ったときは最悪だったのに！」ヴィヴィは思い出した。「わたしたちがどうしてうまくいったのか、謎だわ」

「特別な魔法のせいさ。その魔法には感謝してもしきれない」ラファエレはヴィヴィの唇を求め、情熱的なキスで息を奪った。「話はあとでもいいんじゃないかな？」

「また取り引きをするつもり？」

「これは交渉と呼ぶべきものだ」ラファエレは尊大に訂正し、美しい目を愉快そうに輝かせた。「ぼくがそれを得意にしていることをきみに教えてあげよう」

ヴィヴィは笑ってネクタイを引っ張り、ベッドに座った自分の上にラファエレを引き寄せた。誘うように。「わたしはほかのことが得意なの……」

「知っている」

ラファエレが愛情を込めて同意すると同時に、ヴィヴィは彼のジャケットを脱がせ、ネクタイを外し、もどかしげにシャツのボタンに取りかかった。愛と欲望が相まって、彼女を激しく駆りたてる。

「その気になったときのきみの服の脱がせ方が大好きだ。ぼくのすべてはきみのものだ」

次の一時間、ヴィヴィは多くの愛を彼に与えた。互いの情熱が調和し、興奮の炎が二人を包んだ。真実を分かち合ったあとではすべての懸念が払拭され、二人の営みはより甘美なものになった。

その後、ヴィヴィはラファエレの腕の中で安心して幸福感に浸りながら、光り輝く未来に思いを馳《は》せた。

エピローグ

一年半後、姉のウィニーが二番目の子供に――テディの妹のカッシアに授乳する様子を、ヴィヴィはそばに座って見守っていた。カッシアは黒い巻き毛のかわいらしい子だが、ヴィヴィの意見では、自分が産んだ双子のほうがずっとかわいい。一歳になった双子は元気に床を這《は》いまわり、ありとあらゆる悪さをしている。

マッテオとアンドレアは出産予定日より少

し早く帝王切開で生まれたが、健康そのもので、母親がほっそりしているわりには、体重も標準を少し上まわっていた。

ヴィヴィにとっては出産より妊娠中のほうが大変で、妊娠後期には背中と腰の激しい痛みに悩まされ、しばらく安静が必要なほどだった。ヴィヴィは母親業を心から楽しみ、昨年結婚して現在第一子を妊娠中のアリアンナにもできる限りのサポートをしている。近所のエリーザとはそれ以上に仲がいいが、アリアンナとも着実に友情を復活させていた。

姉と妹は定期的にヴィヴィのもとを訪れる。この一年半で最大の驚きは、ゾーイがすっかり大人の女性に成長したことだ。その変化はなかなか侮れない。たぶん三人の誰も今の彼女を予想できなかっただろうが、末っ子の成長は実に喜ばしい。ゾーイはもう心配の種ではなくなったのだから。

加えて、自分の選んだ男との結婚を孫娘二人に強要したことから生まれた祖父の怒りは徐々に消え、二組の孫娘夫婦との関係はおおいに改善された。だが、ヴィヴィは今でもスタム・フォタキスに冷ややかな態度をとり続けている。余剰人員のことでヴィヴィを脅したラファエレを許したのは、アリアンナを守るために彼が必死だったとわかったからだが、夫をそこまで追いつめた祖父を完全に許すのは難しい。イロスは島を手に入れ、ウィニーとの結婚を強要されたことで息子の存在を知ったが、ラファエレはただ単に祖父から脅迫されただけなのだから。

とはいえ、祖父は今も娘夫婦の家の集まりに招かれている。曽孫《ひまご》たちを心から愛し、彼らの人生を支援するのを惜しまないと公言している祖父は、いつも曽孫たちの年齢にそぐわないプレゼントを山ほど持ってくる。ヴィヴィの双子はすばらしいおもちゃの列車セットをもらってご満悦だが、それで遊ぶのを許されるのはずっと先だろう。

祖父はなんとか家族の一員になろうと努力していた。ヴィヴィもそうしたところには好感を抱いている。ウィニーは祖父と最も親しく、ゾーイもまったく不満はないようだ。なにしろ家族の集まりで明らかになったところによれば、祖父はまだ自分の望みをゾーイに強要するチャンスを手にしていないようだから。

ヴィヴィは妻として母として多忙な毎日を送っている。今や彼女の着替え室のクローゼットは、定期的な社交イベント用のドレスに加え、家事用の服で満杯だった。週一回のパラッツォ公開の規模が大きくなって会社を設立したからだ。それはヴィヴィの得意分野で、おかげでいっそう忙しくなった。息子たちを子守《ナニー》に見てもらい、パラッツォの観光業務に携わる時間を作っている。さらに、ラファエレの実母が生前に関わっていた恵まれない子供のための慈善財団に招聘《しょうへい》され、そこの役職も担っていた。意欲をかきたてられるのが大好きなヴィヴィは、忙しければ忙しいほど幸せを感じた。

ウィニーはパラッツォの育児室の幼児用ベッドに赤ん坊の娘を寝かせると、三人の子供の面倒をナニーに頼み、ヴィヴィと連れ立って階段を下りた。

「ゾーイは今週末ここに来られるかしら?」ウィニーは期待を込めて尋ねた。

「わたしたちには待つことしかできないわ。ゾーイはとても忙しいから」ヴィヴィはつぶやき、急に足早に階段を下りた。ラファエレが廊下に現れ、彼女にほほ笑みかけたのだ。夫を見るたびに彼女の胸は高鳴り、天にも昇る心地になった。もう何も、誰も、わたしを傷つけることはできない。長い不安と不信の歳月を過ごしてきたヴィヴィにとって、その安心感は最高の贈り物だった。そういえばゾーイは何年もセラピーを受けていたが、わたしもなんらかの治療を受けられたらよかったのに、とヴィヴィは思った。わたしとウィニーはゾーイを治すことに一生懸命で、自分たちの子供時代が不安定なものだったと考える余裕がなかったのだ。

ラファエレはウィニーと言葉を交わしてから、視線を妻に戻した。イロスがプールから室内に入ってきて、二人の男性は情報を交換し、それから二組の夫婦は夕食に備えて身繕いをするためにそれぞれの部屋に向かった。

ラファエレがまっすぐ二階の育児室に入ると、マッテオとアンドレアは歓声をあげ、いつも一緒に遊んでくれる父親のもとへ駆け寄った。ヴィヴィは双子をまとめて抱き上げる夫を見つめた。今やラファエレはごく自然に子供への愛情を示し、楽しそうに遊び、一緒に入浴している。喜んで子育てに関わる夫に、ヴィヴィはとても驚いた。父は息子のぼくに親密に関わることはなかったと、ラファエレは悲しげに打ち明けたが、時代が違うのだからやむをえない。彼の父親は慣習によって教育係に育てられ、子供のころ両親と一緒に過ごすことはめったになかったという。

夫婦の部屋に入るなり、ラファエレは力強く妻を抱き寄せ、服を脱がせ始めた。「今日のきみはいちだんと美しい、愛する人《アマータ・ミア》……」

ヴィヴィは緑色のコットンのスカートとトップスを脱ぎ捨て、彼の視線を一身に浴びた。

わたしたちはつねに互いしか目に入らない。完璧なカップルだわ。ヴィヴィはしみじみと思い、両手で彼の顔を包み、情熱的な口の周囲をうっすら覆うひげの感触を指で味わった。

「わたしにはいつもあなたが極上のハンサムに見えるわ」ヴィヴィは正直に言い、顔をしかめる彼を愉快に見つめた。ラファエレは映画俳優並みの容姿に言及されるのが苦手なのだ。「でも、いちばん気に入っているのは、あなたのすべてがわたしのものだということよ」

「きみはそのことをずいぶん声高に主張するな、いとしい人《カーラ》」ラファエレは喜びのうなり声をあげ、妻をベッドまで下がらせた。「ぼくと同じだけ所有欲が強いようだ」

「天国で作られたカップルね」ヴィヴィは幸せそうにつぶやき、服を脱ぐ彼に手を貸した。

「スタムなら……地獄で作られたカップルと言うかもな」ラファエレはかすかに笑みを浮かべて応じた。スタムは今でもラファエレに反撃されたことを根に持ち、二人の関係は円満とは言いがたいからだ。

「いいえ、天国よ」ヴィヴィは確信を持って言った。結婚以来、ラファエレが彼女に根気よく与え続けた確信を。

「愛しているよ」情熱的なキスのあとでラファエレが言う。

ヴィヴィは目をすみれ色に輝かせ、まぶしい笑顔で彼を見上げた。「わたしはもっと愛している」

「相変わらず負けん気が強いな」ラファエレは笑った。やがて沈黙が落ち、最高に相性のいい二人がどれほど互いを幸せにできるかを改めて証明した。

ハーレクイン®

花嫁は偽の誓いに涙する
2019年12月20日発行

著　　者	リン・グレアム
訳　　者	中村美穂（なかむら　みほ）
発 行 人	フランク・フォーリー
発 行 所	株式会社ハーパーコリンズ・ジャパン 東京都千代田区大手町 1-5-1 電話 03-6269-2883（営業） 0570-008091（読者サービス係）
印刷・製本	大日本印刷株式会社 東京都新宿区市谷加賀町 1-1-1
編集協力	株式会社遊牧社

造本には十分注意しておりますが、乱丁（ページ順序の間違い）・落丁（本文の一部抜け落ち）がありました場合は、お取り替えいたします。ご面倒ですが、購入された書店名を明記の上、小社読者サービス係宛ご送付ください。送料小社負担にてお取り替えいたします。ただし、古書店で購入されたものについてはお取り替えできません。®とTMがついているものは Harlequin Enterprises ULC の登録商標です。

この書籍の本文は環境対応型の植物油インクを使用して印刷しています。

ISBN978-4-596-13462-2 C0297

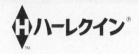